作品 郭德纲

C⁵S 湖南文艺出版社
PUBLISHING & MEDIA   HUNAN LITERATURE AND ART PUBLISHING HOUSE

博集天卷
CS-BOOKY

喜马拉雅FM 出品

图书在版编目（CIP）数据

江湖 / 郭德纲著. -- 长沙：湖南文艺出版社，2021.1

ISBN 978-7-5404-9862-7

I. ①江… II. ①郭… III. ①散文集－中国－当代

IV. ①I267

中国版本图书馆 CIP 数据核字（2020）第 247059 号

上架建议：历史·随笔

JIANGHU
江湖

作　　者：郭德纲
出 版 人：曾赛丰
责任编辑：匡杨乐
监　　制：董晓磊
策划编辑：董晓磊　潘　萌
特约编辑：潘　萌　徐　洒
营销编辑：杜　莎　潘　萌
版式设计：潘雪琴
封面题字：桥半舫
封面设计：好谢翔
出　　版：湖南文艺出版社
　　　　　（长沙市雨花区东二环一段 508 号　邮编：410014）
网　　址：www.hnwy.net
印　　刷：三河市兴博印务有限公司
经　　销：新华书店
开　　本：700mm×995mm　1/16
字　　数：180 千字
印　　张：16
版　　次：2021 年 1 月第 1 版
印　　次：2021 年 1 月第 1 次印刷
书　　号：ISBN 978-7-5404-9862-7
定　　价：59.80 元

若有质量问题，请致电质量监督电话：010-59096394
团购电话：010-59320018

郭 论

Guo Theory

目 录

郭 论

Guo Theory

目 录

我有故事，你有酒吗？

床前明月光，我是郭德纲。

各位读者朋友们，大家好！非常开心能通过文字的方式和大家"见面"，这次我不说相声了，和大家说一说江湖中的礼仪和气节，品一品中国的历史和文化，论一论人间是非、乾坤风月。

我想陪你论一论俗，单纯的高雅不足以构成世界，小人物的喜怒哀乐才是真艺术。包容才能并存，吃喝拉撒皆故事，生活处处是学问。饮食、服饰、居住、娱乐、语言……中国人家长里短的方方面面，老郭说给你听。且听国人接人待物的规矩，传承千年的世故人情。

我还想和你漫话明清，拾遗历史。宫廷内外，百姓生活，咱们就用笑一顿的工夫，将奇人异事一一捕获。正传之外，还有故事。

我也希望和你聊聊名著，经典背后有温度。跳出名著正见，听听妙趣歪批，名著中的某人、某段话，背后究竟隐藏了什么？咱们一起寻找经典背后的故事、热血和真性情。

洞悉人间百态，笑握方寸之间。

历史有冷暖，老郭有故事。

故事我准备好了，你有酒吗？

01

合吾一声镖车走，
半年江湖平安回

咱们现在买东西，在网上一下单，就算隔着千山万水，快递员几天之内就给你送到家门口。这确实很方便，原来咱们都不敢想，拿着手机一指挥，就把事给办了。这里面功劳最大的，得说是快递小哥了。

物流是个辛苦差事。网上经常有报道，快递小哥因为种种原因，送货上门时犯了错误，造成了好些个不愉快的结果。其实别说现代，物流工作就算搁到古代，也是个不好干的工种。

有人问，古代有没有物流啊？这么说吧，一说这个词，我最先想到的就是"驿站"。驿站是古时候信息流通的一个重要场所，相当于如今各大物流的转运中心，与物流转运中心一样，驿站也是有大有小，条理分明。

要说有什么区别的话，就是那个年头的驿站是国家资源。它只为统治阶级提供服务，老百姓没有这个待遇。那么有人问了，驿站是什么时候开始有的呢？准确地讲，驿站应该是在先秦时期就出现了，但当时驿站的功能还不完善，一般是需要处理紧急公文，或是发生了什么军国大事的时候，才会启用驿站。

后来随着各个朝代的更替，驿站的功能也逐步被完善，有了更好的工作章程。除了处理公事，驿站还是来往官员的定点服务区，不光人在这里能享受到高级待遇，连马吃的都是上好的草料。但是驿站的普通员工们，工作起来就不是那么舒适了，他们不但得常年奔波，而且动不动就有被砍头的危险。

驿站只服务朝廷官员，民间的一些商业往来始终得不到安全保障。所以到了清朝早期，随着金融业的兴起，逐渐出现了一个新生事物：镖局。

有朋友喜欢听相声，在我们的相声里面，有一个传统的名段，叫《大保镖》。说相声的都知道，"文怕《文章会》，武怕《大保镖》"。"文怕《文章会》"，是因为《文章会》涉及很多诗词歌赋，要求说得准确、雅致，所以不好说。"武怕《大保镖》"，《大保镖》是另一个传统名段，这个段子里说的是一对兄弟被镖局请去当保镖，一路上闹了好多笑话的故事。因为这两个人是不学无术的外行，愣充自己是职业练武术的。喜欢的朋友可以上网搜一搜，不同的演员，在不同的年代，留下了不同版本的《大保镖》，您可以选择性收听。

镖局，也叫镖行，这是一个什么机构呢？就是我拿人家钱了，然后凭着我的武功保护花钱这主儿的财物或者人身安全，就是这么一个机构。

这种特殊的行业究竟是什么时候出现的呢？谁是第一个创办者？

现存史书上没有非常详尽的记载。不过，根据近代学者卫聚贤写的《山西票号史》，镖师的鼻祖很有可能是个山西人——神拳张黑五。

《山西票号史》里面这么记载："考创设镖局之鼻祖，仍系乾隆时神力达摩王，山西人神拳张黑五者，请于达摩王，转奏乾隆，领圣旨，开设兴隆镖局于北京顺天府前门外大街，嗣由其子怀玉继以走镖。"

这几句话是什么意思呢？就是说乾隆年间有个神力王叫达摩王，有个山西人叫神拳张黑五，他求到这个达摩王这儿了。达摩王说，跟皇上说说吧，就转奏给乾隆，然后皇上传下圣旨，张黑五领了旨，这才在前门大街开了一个兴隆镖局。后来，张黑五的儿子张怀玉接替父亲的工作，开始走镖。大体就是这个意思。

有记载说张黑五是乾隆拳脚功夫的师父，身手不凡。为什么叫张黑五呢？因为他长得黑，皮肤黑，在家行五，所以叫张黑五。要是叫白六呢？那这人多半长得白净，在家行六喽。

张黑五奉乾隆皇帝的旨意，在京城开设镖局，负责各种贵重物品的武装押运。这些贵重物品，很多都归朝廷所有，也有不少是官员们的私产。写《山西票号史》的卫聚贤还进一步推论，说镖局是明末清初，顾炎武、傅山、戴廷栻等人从事反清复明活动的时候，为了保护商人运送现银而设立的。后来的镖师们一旦看到远处的山上有土匪，就会大声喊："合吾一声镖车走，半年江湖平安回。"

什么叫"合吾一声"呢？据说"合吾"就是"黑五"的谐音，大家拿这个来纪念张黑五。这当然是姑妄言之姑妄听之，也算是最早的一个资料考据。

过去交通不便利，老百姓的人身、财产安全没有保障，做生意的人出门就更不安全，不安全就有了走镖的镖户，这是镖局的雏形。随着社会商业生活越来越复杂，镖局承担的工作也越来越广泛，它不但负责押运一般的私人财产，连地方官上缴国库的饷银，也经常得靠镖局来运输。大型的镖局往往跟许多地区都有业务往来，甚至有分号，所以镖局也常常承担一些汇款的业务。

到了清朝中叶，随着金融业的兴起，票号这一行业应运而生，镖局的主要业务就变成了给票号押送银镖，这也就形成了镖局走镖的两大镖系——银镖和票镖。及至清朝末年，票号逐渐衰败，镖局的主要业务又转化为给有钱人护送贵重物品，或是保障人身安全，从而形成了新的三大镖系——粮镖、物镖、人身镖。可以这么说，镖局的主要业务其实就是护送人和物品安全到达目的地。

当然，其他的业务也有。比如，看家护院，保护商馆，保护库丁……都在他们的业务范围之内。

咱们来分门别类地谈一谈。

需要镖局看家护院的，都不是一般人，王孙贵族、朝廷要员、富豪商贾……都得是这个阶级、这个身份的人，没有说在天桥撂地说相声的张三李四，雇个保镖，让他们去看着，生怕那副竹板儿丢了，这不可能。

这其中，最为轻松的工作，就是给王孙贵族当护院。您想啊，王府历来有亲兵把守，已经有了重重保护，这个镖师在其中，其实就是给府邸的主人一点心理安慰，大多时候镖师也不需要干什么，就是贴身跟着被保护的人就行了。

不过，跟那些在江湖上行走的大镖师比起来，给王孙贵族当护院的镖师就挺没面子的。你别看他挣得多还轻松，其实没有什么尊严。镖师在外面走镖，风餐露宿，危险重重，但人家起码不用跟这个卑躬屈膝，跟那个强颜欢笑，不用看人脸色、受人驱使。须知，练武术的人，最重要的就是尊严，你挣再多的钱，成天让人呼来喝去的，动辄颜面扫地，这个工作干得也没什么意思。

在外面走镖的镖师，经常要保护贵族子弟、朝廷要员和富商巨贾的人身安全，他们的精神压力非常大，因为朝廷要员面临的大多不是劫财的盗匪，而是来自政治仇敌的刺客。刺客跟普通的盗匪不同，人家目的是要你的命啊！不是说你拿出十两银子来就完事，完不了！不完成任务誓不罢休，一定得弄死你！所以刀光剑影，这是经常有的事。镖师呢？那就得跟着拼命。

保护商人就好得多了，因为绿林的盗匪，一般来说只图财不害命，遇上身手好的镖师，他们也不拼，打不过拉倒呗，咱跑就行了。

大多数镖师跟江洋大盗是有联系的，甚至是有交情的，尽管大家干的不是一个行业，但是多少会给对方留几分薄面，所以说，招揽一些有知名度的镖师放在家里，这本身就是一个辟邪的符咒。

不管是盗贼还是刺客，一般都是晚上办事，所以镖师大多情况下都是白天睡觉，晚上上岗工作。镖师的穿着打扮必须得精悍，不能穿长袍马褂，打起架来不利索！咱们说书的时候不都说嘛，"短衣襟，小打扮，收拾起来紧趁利落！"就是为了打架方便，这算是一种工作服。

镖师也经常要负责保护商馆，他们要保证商馆不受地痞流氓的讹诈，这个工作的风险就更低一些，因为来商馆捣乱的人，一般都是社会上的小混混、小流氓，这些人没有什么真功夫，跑到商馆捣乱闹事的时候，一看见人家这儿有镖师坐镇，通常他就自觉回家了。当然，也有那些想出风头的，硬要跟镖师过几招，这个时候镖师一般就上来给他三两下，把对方打躺下就得了，这样一则节省时间，不妨碍店家的生意；二则告诉小混混，真功夫有多厉害，以后没事别来捣乱。当然，跟这些人过招，也有特殊的要求，你得拳拳到肉，不能伤了他的筋骨，真要一下打得太重，把人半条命打没了，雇镖师的商馆也得赔医药费。

还有一种工作是保护库丁。这又是一个有趣的工作，镖师保护的对象是在银库炼银子的小差人，这些小工没有什么权力，也没有什么地位，但个个都有不少的不义之财。

从雍正时期开始，清政府的税收，都是以现银的形式征集。百姓收入不多，能上缴的都是碎银子，地方官员就利用这点，上报朝廷称，碎银子不好计算，也不好入库，干脆把它们熔铸成统一标准的整锭的银子，也就是官银吧。

朝廷觉得有道理，准奏了。打这儿起，各地方政府都开始利用熔铸银子的机会贪污公款，因为熔铸银子一定是有损耗的，十两碎银子熔铸完以后，可能就只剩下九两多。地方上的贪官还会把这个损耗报得再高一些，十两碎银子在他这里熔铸完，就只能出个七八两的官银。中间这点差额呢？他搁到自个儿的钱包里了。

那些负责熔铸银锭的小工，虽然说不敢像上级官员那样明目张胆地贪污，但也有办法从中牟利，每天下班，库丁们多少得夹带点银子回家。在清朝，库丁盗银是一个普遍现象，世人皆知，清政府自然也是知道的。为了杜绝库丁盗银，清政府对银库的工作人员实施了非常苛刻的管理制度：每天上班前，库丁们都得换上特制的工作服，这工作服既没有口袋，也没有夹层，下工之后，所有的库丁都必须脱得一丝不挂，大家光着屁股排着队，挨个儿接受专人检查。

检查的严格程度非同寻常。地上摆着十二条扁担，接受检查的库丁们，要喊着口号，拍着手，从十二条扁担上面一一跳过去，这是为了防止库丁们把银两藏在嘴里、鼻子里、耳朵里，甚至是肛门里，只要这几关过完了，身上没有银子掉下来，就算检验合格，库丁就可以回家了。

但就算这样严防死守，库丁们还是发明了种种见不得人的办法，多少偷点银子出来。就这么日积月累，一个库丁一年下来少说能偷个上百两，这就叫外财呀！不少盗贼知道库丁有这么个来钱的路子，就专门向他们下手，或偷，或抢，或敲诈。库丁还不能报官，为什么呢？你那钱来得不正当！

库丁们没办法了，又害怕盗贼，只能自个儿找钱，自个儿花钱，请镖局给自个儿保驾护航。镖局负责接他们上班下班，有专门的车，有专门的路线。除此之外，如果库丁被绑票了，家里人也会去找镖局来侦破，不会惊动官府。这跟小说、电视剧的描述有区别，实际生活中的绑匪绑了肉票，不会贴身看管，把人绑好了，藏在一个偏僻的地儿，收到钱就通知家属找人，要收不着就让这人自生自灭，所以实际生活中的镖师几乎没有为了找人而跟绑匪正面冲突的情况。

镖局的组织包括：镖局的主人、总镖头、从事保镖工作的镖头、镖师大掌柜、管理杂物的伙计和杂役。

总镖头一般都是赫赫有名的江湖人物，本身能耐就特别大，或者是退休了的名捕，有身份、有人脉，江湖地位高。

镖局最初是怎么出现的呢？很多时候，是由几个练武的人共同组成一个小团体。就好比爱写字的、爱作诗的人，喜欢搞文学社、诗社，大家共同切磋技艺，互相提高，爱武术的人也会组成小团体。这个小团体往往是同门师兄弟之间的自由组合，即便不是一师所传，也免不了互有师生关系。在这个基础上所组建的镖局，友情为重，参与者所领的股份也比较平均，人际关系比较平等，所以大家凡事都有发言权，编制处于有无之间。还有的情况是，这些人大多有血缘关系，很多镖局就是由某个武术世家组建的，镖局成员生死与共、唇齿相依，满是英雄气概。在后来的发展过程中，慢慢出现了通过招贤纳士组建的镖局，在这样的机构中，可以清晰地从成员的地位划分、所持股份的份额上看出雇佣关系。

还有一种镖局，是士兵组建的。简单地说，就是当时的统治阶级开始小规模地裁军，一些职业军人没有得到适当的安置，总得干点什么，怎么办呢？

行伍之兵，重德讲道义，恪守武德军规，退役的时候，除了一身的功夫，别的能力他也没有。得了，咱们凑一块儿开个镖局吧！这种镖局成员的凝聚力，体现在一个"义"字上。当兵时，大家在战场上共同出生入死；走镖时，在镖路上也是风雨同舟，患难与共。

这是三种不同形态的镖局，在发展壮大的过程中，它们不可避免地留下了一些创始期原始形态的特征。"情、义、礼"这三个要素汇集一块儿，就构成了镖局在经营方式、分配原则、管理制度、人际关系等方面的特征。

咱们说完了镖局内部的兄弟情义，还得再看看它和其他势力之间的微妙关系。

首先说跟劫匪的关系。镖师和劫匪的关系是亦敌亦友。我们看很多的小说啊，评书啊，里边经常把镖师归为武林人士或是江湖人士，这个有一定的道理，因为镖行虽然是一种商业机构，但是镖师都是武林出身，不但要讲究师承，还需要广交朋友，好为自己的职业活动提供方便。有需求才有市场嘛，镖师其实是依附于劫匪的存在，就如同杀毒软件依附于病毒而存在，二者是一个道理。

没有劫匪，要镖局干吗？

所以说，镖师与劫匪的关系错综复杂，亦敌亦友。有经验的镖师到了走镖的时候，路过熟悉的山头，一定会哑旗而过——把镖旗收起来，不喊趟，你在人家的地盘喊趟子、扬旗，对方一看，你干吗？示威啊？有交情也得打你！

反过来说，这些绿林人士进了城，镖局为了套交情，往往还负责接待，绿林人士的吃住都由镖局包下。当年还有个规矩，哪怕是负案在身的绿林人士，已经被官府盯上了，一旦进了城，进到镖局里头，官府就不能去抓了。必须得等他出来，官府才能再找机会抓人办案。

这不是什么明文约定，它是官府和镖局之间心照不宣的默契。因为镖局的势力大，人家既然敢做这个买卖，都是有靠山的。就拿这个会友镖局来说吧，它的靠山是晚清的名臣李鸿章。会友镖局的创办人叫宋彦超，是在朝廷神机营供过职的军官，跟八卦掌的宗师董海川是好哥们，后来会友镖局还出过像李尧臣这样的武术大家。李尧臣在慈禧太后面前献过艺，练过八仙祝寿剑，还给京剧宗师杨小楼、四大名旦之一的梅兰芳都传过艺。李鸿章在北京的住所，就是由会友镖局的镖师负责看护。

八大镖局里面还有个著名的源顺镖局。会友镖局有一千多人，规模极大。源顺镖局只有四五十人。虽然人手少，可是风头很大，因为源顺镖局的创办人在江湖上有响当当的字号，他就是京师的武林名侠，人称"大刀王五"的王子斌。"大刀王五"与谭嗣同是好朋友，这一位侠客与一位文人之间的交往，一直被后世传为佳话。

02

护镖法则：
镖局业务的套路与反套路

上回咱们一直说保镖，保镖跟保镖也不一样，有道是"人分三六九等，肉分五花三层"。有的保镖有靠山，有的保镖有面子，但是列位啊，人要想混出个名堂，很多时候还是得凭真能耐，是不是？你凭面子、凭靠山是一方面，没有真才实学，能力稀松，那也不成。真动起手来你连自个儿都保护不了，那就不像话了。

走江湖的人，讲究三硬：官面儿的靠山硬；道儿上的关系硬；本身能耐硬。

三条都得具备，缺一不可。

关系咱们理清楚了，咱们再说说保镖的主业务——走镖那些事。

走镖，行话叫"走趟子"，负责押运镖车的伙计叫"趟子手"，"趟子手"要负责镖车沿途的安全，保证货物平安到达，倘若镖车中途被劫了怎么办呢？镖局照价赔偿！

一大帮人浩浩荡荡上路"走趟子"，路上要带什么家伙什呢？

首先，得有镖车。

镖车是当时镖局走镖的重要交通工具。镖车分很多种，有马车、轿车、推车……种类繁多，任君选用。具体接活儿的时候，用什么镖车呢？得看你运送什么东西了。最常见的镖车是独轮镖车，它的特点就是只有一个轱辘，过去还有一个说法，说这个车的名字叫"独轮王八拱"，这样的车走起路来很难掌握平衡，但是山路崎岖不平，它在山地是最为方便的交通工具。

第二个呢，镖车上不可缺少的是一面旗子，这面旗子叫镖旗。走镖的时候，半路上难免碰见强盗劫镖，这些强盗会看这个镖旗，一看镖旗很厉害，是个高手保的镖，就不敢轻举妄动了，这小旗子就是镖师出镖的标志。

第三个呢，是镖箱，这个镖箱是榆木疙瘩做的，大箱子本身自重就有七八十斤，箱子上的锁头，采用的是当时最先进的防盗的暗锁，必须得把大掌柜的跟二掌柜的两把钥匙并起来才能打开，这是防贪污的。这个镖箱也有很多不同的型号，有水上用的，有旱路用的；有的是马驮着，有的是人抬着。现在得有个两百年历史了吧，您找找，可能有的图片还有。

走镖路漫漫，无论是智商、情商还是能力，对镖师来说，都有着很高的要求。没有点真功夫，是吃不了这碗饭的，走到哪儿都得眼观六路，耳听八方，身怀绝技，要没有这能耐，出去那就是送死去了。

那么走镖的路线和方式怎么定呢？

以北京的镖局为例，他们的镖路呢，就是"南北两条腿，东西一条线"。

"南北两条腿"，说的是南路跟北路，有这么两条线路。南路这条线，是打任丘、徐州、南京到上海；另一条线路，就是跟现在这个京广铁路线一致，从保定、郑州、信阳到武汉。

北路的其中一条线，是出居庸关，过八达岭到张家口；另一条线是打古北口到热河。

"东西一条线"是说，东西方向只有一条线路。东路就是现在的京哈铁路沿线，从北京到哈尔滨；西路是从娘子关到西安。

再有，就是水路镖了。京杭大运河是北京地区最重要的交通要道，京城中几十万官员、旗兵，还有他们的眷属，这些人的吃喝穿戴、官需民用的物资，都是靠水运来的，因此朝廷对负责漕运的总督赏二品顶戴，与各省的封疆大吏享受同等待遇。

历史上，京杭大运河曾经被切断过两次，一次是在鸦片战争时期，英军攻陷镇江，切断运河，破坏了清政府的南粮北调，迫使清政府签订了中国近代史上第一个不平等条约——《中英南京条约》。一次是太平天国定都南京之后，派人切断了运河，迫使清政府的南粮北调计划搁浅，最后改漕运为海运，大大增加了成本。在京杭大运河畅通的时候，水路镖可以说是北京镖局最大的生意，南来北往的大小京官卸任赴任，地方官员进京述职，都喜欢走水路，水路既平稳方便，又舒适安全。

所以，这伙走镖的镖师，他们得会使舟船，这个行船使帆、过闸升船本来是船家的事，但是走镖的镖师不能不懂，要是不懂的话，那万一上了贼船还了得？人家问是吃"馄饨"还是"板刀面"的时候镖师们怎么办？

有读者就问了，这怎么上了船还管饭呢？其实，吃"馄饨"的意思，就是水贼把你捆好了，装麻袋里，扔水里边；吃"板刀面"的意思，就是他一刀给你切了，再扔水里。

水贼大都身手了得，而且占着主场优势。镖师一旦跟水贼交上了手，交战地点无外乎船舱之内和两船之间，场地狭小，长兵刃根本耍不开。你说你拿个大枪，绰起来得有四五米，在船上根本耍不开，所以水贼一般都使用短兵器。在船舱里边要是交上了手，基本没有回旋的余地，几招之间就要定生死。

如果镖师要在舱顶或是两船之间应战，他的轻功必得扎实。走水路镖的镖师多半练过梅花桩，而且功力深厚扎实，你要是脚底下不灵，掉水里头，那就算是完了。虽说镖师也识水性，但跟水贼比，那不一样，人家是专业的，对吧？

总而言之，不管是水路镖还是陆路镖，镖师走镖，道上遇见劫匪，这是一个不可避免的事情，战与不战，打不打，完全取决于劫匪给不给面儿，一旦动起手来，镖师的首要任务不是杀人，而是保护镖物的安全。走陆路镖的镖师，常常一边用长矛单刀跟劫匪搏斗，一边催促车马赶紧跑，快！策马狂奔！这时候镖车很颠簸，如果镖师与盗贼是在车上搏斗，镖师必须有超人的站功，不管脚下的镖车怎么摇晃，他都得站得稳如泰山。只要能摆脱劫匪的纠缠，不杀人、不伤人就是最好的结果。与此同时，镖师还要注意给劫匪留面子，特别是活动在草原上的劫匪，他们抢劫，非常忌讳空手而归，什么都没抢到就回来了？不行！晦气！为了洗掉这种晦气，这些劫匪抢劫时一定要见血，要以血光冲灾！因此有些跑北道的镖师，为了跟劫匪不结梁子，提前就跟自己的雇主商量好，准备一些不值钱的东西，比如，带上几匹有病的骆驼一起走，劫匪来了，镖师一看，得了，病骆驼我不要了，扔下，让你们别空手走，多少有点收获。

走镖有三种方式，一个是威武镖，二是仁义镖，三是偷镖。

威武镖，讲究在行李上面插一杆大纛旗，旗上写着镖师的名字，旗子都是活动的，下头安着辘轳。走镖的时候，镖师得把这镖旗拉到镖车顶上，这叫拉贯顶旗，锣也要打起来："哐！哐！"要多响亮有多响亮！镖手们要么亮起嗓门喊号子，要么喊出本镖局的江湖名号，这叫亮镖威。

仁义镖，需要下半旗，这是跟劫匪们致意，表示说：大家都是吃江湖饭的兄弟，我先自降身份，希望各位英雄好汉赏个脸，让个道。走仁义镖时，镖师也要打锣，打的是十三太保长槌锣、五星锣或七星锣，不像威武镖的声势那么壮。

如果某个山头的劫匪特别厉害，不让队伍经过，镖师又打不过他，就悄悄地走路，马摘了铃，车辘轳打油，怕出声，旗子收起，大家偷偷摸摸过去，这叫偷镖。

保镖，还分明镖和暗镖。

明镖，一般就是镖师觉得这趟差事没问题，沿途的这些个山大王啊，劫匪啊，我也都打点好了，他把成箱的真金白银都装好了车，插上镖旗，大摇大摆而去，这叫明镖。

我们相声中那个《大保镖》的段子里，讲过怎么走暗镖，成箱的金银财宝不敢露白，弄一堆老倭瓜，倭瓜上头挖个洞，把瓜瓤掏出来扔了，金银财宝塞进去，再把洞塞住，任你火眼金睛，也想不到这一车老倭瓜里头别有洞天——这叫暗镖。

暗镖不好走，一旦要出暗镖，就会存在泄密的可能，为了走好这趟暗镖，镖行往往还得出一趟明镖，让准备动手的敌人搞不清真假虚实，这就是常说的"明修栈道，暗度陈仓"。

在这条路上送货不容易，因为这是在用生命送货，上路之前，镖局得把账目算清楚，按脚程的远近、这个货物所值取不同的镖利，商定后再签订镖单，镖单得注明起运地点、商号、货物的名称、货物的数量、镖利的多寡等，最后两边各盖图书，所谓图书就是印章这一类的东西，镖师将货物护送到指定的地点之后，再去取自己的酬劳。

大规模的走镖，通常会安排一个总镖头，或至少是经验老到、能够独当一面的镖头押镖，拿着接收镖物的清单，再带上官府开的通行证，遇到关卡的时候，镖头要拿出通行证给官兵们审核一下，有时也不免得给人家塞点钱。

古代镖局运镖时，押运的货物都是些贵重物品，镖车上藏着奇珍异宝也是平常事，其实跟现在的武装押运很像。

所以，要成为一名镖师，首先你得懂功夫。

镖师中卧虎藏龙，在这个群体里，既有武林高手，又有曾经的官差，还有退伍的军人。一个合格的镖师必然是久经战场、久闯江湖的老客，除了把式，还要掌握一些生活技能。比如说，有的镖师专门走北路的镖，那是非常辛苦的路线：打北京城出来，过昌平州，进山区，长城蜿蜒于燕山之间，一路上要经过许多关口——冷口、喜峰口、杀虎口……所以一出长城这就叫"口外"。当时口外人烟稀少，不论是东路还是西路，食宿都不方便，镖车在途中一旦出点差错，前不着村后不着店，镖师只能就地住下，一路上免不了风餐露宿，吃尽苦头，所以有经验的镖师们，在带着徒弟走北路镖的时候，都得先教徒弟"三会一不"。

"三会"是什么？

第一，你得会搭炉灶。

无论山区还是平地，是响晴白日还是风霜雨雪，镖师们都得能够因地制宜，在最短时间内搭设一个简易实用的炉灶，然后埋锅做饭。

第二，你得会修鞋。

镖师动辄长途跋涉，风里来雨里去，衣服鞋袜难免出问题。过去的衣服都是以纯棉、麻为原材料的，鞋袜也是手工缝制的布鞋、布袜，不比现在的化纤产品结实，走的路远了，很容易穿破。走镖的人又不能带着女眷上路，所以修鞋、补衣服的事就得自个儿来。旅途中，鞋子要是出了问题，那是很烦人的。出远门的人，必得备下新鞋随身携带，但是俗话说得好，新鞋上脚别扭三天，所以镖师们得会修鞋，保护自己的双脚不受委屈。

第三，你得会理发。咱们说的是清朝的镖局，你想想，清朝的男子，都是脑门剃得锃亮，脑后坠着条辫子。镖师们走镖，一路上风尘仆仆，只要几天不收拾，胡子头发肯定是乱成一团，无论走到哪个镇哪个村，谁看见你，心里也得别扭一下。人家一瞧，这人灰头土脸，头发不梳，胡子不刮，脸上像长了个鸡窝，狼狈不堪，谁敢信任你。老话说"先敬罗衣后敬人"，这是人的天性，所以镖师找人谈事，必得先理过发，刮完脸，换上干干净净的衣服，气宇轩昂地去拜见地方的头面人物，既不给自己跌份，也增添自己所属的镖局的气派。

这是三会，还有一个"不"。

不，就是不洗脸。口外气候恶劣，冬天寒风凛冽，春秋风沙铺天，夏天骄阳似火，冬天洗完脸出门，北风一吹，跟小刀似的，就把人脸割破了，所以走北路镖的时候，"洗脸"跟"到家"是一个意思，如果镖师说明天该洗脸了！也就是明天该到家了的意思。

这就是"三会一不"。

咱们前面还说过，走镖的路线有两种：水路镖跟陆路镖。

水路镖，泛舟而行，不用鞍马劳顿，算是件美差，那么是不是走水路镖就跟旅游似的轻松开心呢？也不尽然。

水路镖大多是沿着运河走，途经的地区多是鱼米之乡、富饶之地，铤而走险的贼人比陆路少很多，但是水路镖有很多难以预料的变数，为了确保一路平安，不出岔子，水路上的镖师们都有"三规"：

第一条规定，是"昼寝夜醒"。白天除了值班的镖师，其余的镖师都要睡觉，直到红日西斜，太阳落山了，镖师们才走出船舱，准备上岗，因为白天几乎不会发生拦河抢劫的事，贼人只会在晚上来偷袭，镖师们不得不防备。

第二条规定，是"人不离船"。运河的沿线，尽是人烟稠密的地方，城镇村集，数里相望，镖船时常路过一些繁华地段，茶楼酒馆很多，献艺的、卖唱的民间艺人出没其间，搭台唱戏的也有。有些运河上还有"花船"，所谓"花船"，其实就是"妓船"，妓女们常年居住在船上，一到夜里，运河上笙管笛箫，歌舞翩翩。但是镖师不能登岸围观或者移船观看，因为一走神就容易出事。岸上出事，镖师绝对是置之不理的，就算看到恶棍欺男霸女，船上的镖师也不能过问，这倒不是因为镖师没有正义感和公德心，而是他们害怕岸上出的事可能是个套路，贼人们可能会利用镖师扶危济弱的武德，使一招调虎离山之计，把镖师骗上岸，再趁他们大本营空虚之际，去船上劫镖。

第三条规定，是"避讳妇人"。镖师们向来重视武德，船家女也守妇道，都知道自尊自重。镖师登船之后，不入后堂，一帘之隔，如内外宅之分，雇主要是带着女眷，镖师就更要退避三舍。至于沿途遇到的青楼女子、花船歌伎，镖师们不能看，一则怕误事，二是怕贼人放白鸽，只有洁身自好的镖师才能让船家和雇主放心。你想啊，如果镖师登船吓跑了贼，但他自个儿是个色狼，引狼入室，这一得一失……得失之间，雇主就得三思而后行了，镖局也可能就因为这一两个镖师毁掉了名声和信誉，这是走水路的规矩。

镖师在陆路上同样有规矩，叫"三不住"。

护送镖车是镖局的主要业务，自打大运河断流之后，陆路镖就变成了镖局的主打业务，所以走陆路镖的规矩就越来越多。按道理说，走陆路镖，一路上镖师都骑着马，护卫着镖车，一旦贼人出现，能够迅速灵活地做出反应，好像没有什么可以担忧的事。

可实际上，事情没那么简单。当走镖的队伍投宿到大一点的村镇过夜时，镖师必须得处处留神，事事小心，因为这种村镇的地方势力一般都比较强，你要真惹了麻烦，那是吃不了兜着走。

因此，"三不住"是镖师的出行原则。

一不住，是不住新开的店。镖师一般是走固定的镖路，对沿途客店很熟悉，跟店家也都结成了好朋友，新开的店不知道底细，镖师绝不入住，以防遇见个贼店，弄个人财两空。

二不住，是不住易主之店。易主，就是店换了东家。本来镖师一直住这儿，都挺好，突然间再来，张掌柜不干了，换王胖子了，那镖师绝不会继续入住。忽然易主，必有原因，没弄明白之前，镖师会对这种店敬而远之，就怕这个老店换了主之后，成为贼店了，贼人在这儿有埋伏。为了确认自己住的客店的准确信息，镖车没进村镇之前，往往会派一个镖师策马先行，打探一番，掌握真实的一手情况。

三不住，是不住娼店。娼店就是旅馆、妓院合二为一的客店，这种客店门口，老站着几个花枝招展的女人，卖弄风姿，招揽客人。为什么不住这里呢？因为住娼店的客人里头正经人少，坏人多，难免有明面上嫖娼、暗地里偷东西的贼人。

按理说，镖师押着镖车走了一天，又累又乏，到了旅馆应该好好休息，事实上不是这样。镖师住店以后不急着睡觉，得先四下观察观察，看看有没有什么异象，自己是不是被人盯上了。店外边，他们也要看，看看有无异风，以免让人盯上。然后，镖师还得上厨房看看，看看有没有异味，防止有人暗中下药，这里所谓的"异象"，就是店里有可疑的人，"异风"就是店外有可疑的迹象，"异味"就是厨房里的食品被做过手脚。如果有异象异风，镖师会赶紧采取有效的防范措施；要是有异味，镖师就告诉大伙，已经打过尖了。

晚上关上门，镖师们再打开随身带的那些干粮吃，晚饭以后，除了值更的，其他的镖师都上炕睡觉。北方人的习惯是头枕着炕沿儿睡，这样头暖和，免得窗外寒风吹着头。可是镖师一年四季都是头靠窗户睡觉，脚跟在炕沿儿放着，这样，一是便于听窗户外面的动静，二是一旦有什么紧急情况，不用翻身，一蹿就能着地。一般人上炕的时候，习惯把鞋的后跟向外，下炕时倒着穿，但是镖师脱鞋上炕的时候，一定会把鞋倒过来，让鞋跟向着炕，一旦出事，跳起来就能马上穿上鞋。这些习惯是在血的教训中养成的，因为一旦发生夜袭事件，刹那之间，生死已定！

03

镖师信条：
只要我的镖，不要你的人

我们常说："害人之心不可有，防人之心不可无。"镖师们也严格遵循着这样的原则。

上一篇文章里头，咱们说了，要是每个旅客进了旅店之后，都踏踏实实地躺下就睡，估计也就不会丢东西了。但要真这样的话，也就没人请镖师了，好和坏都是相伴而生的，没有坏的衬托也就没有好的彰显，各行各业都不容易。

镖师们要遵守的行业规矩很多，既有约定俗成的习惯，也有这个行业赖以生存的基本形式。

一个好镖师，时时刻刻要眼观六路，耳听八方，睡觉都得按着规矩睡，方彪先生在《京城镖行》里面就介绍过，入睡的时候，镖师要执行"三不离"的睡法：

第一，武器不离身。这么一说大家就明白了，手无寸铁的镖师比一般老百姓高明不了多少。武侠电影里，我们常看见镖师与敌人肉搏，镜头拍出来特别好看，眼花缭乱，可那是电影！真打起来，你死我活的时候，谁能仅靠拳头取胜？所以，镖师的武器是片刻不可离身的，特别是腰间之物。什么是腰间之物？其实就是清末的时候，江湖人士对手枪的别称。无论你是镖师还是贼人，手枪都绝不能离身，并且绝不能示人。贼人的规矩是不向朋友借腰间之物，别说不能借用，借去看看也不行。镖局中的人老跟贼人打交道，也知道借枪跟下枪的关系。不会有人去向人借腰间之物，一用一看这都是大忌，怕遭人暗算。腰间之物无外乎是驳壳枪，那会儿叫"盒子炮"，或者是勃朗宁、左轮。佩枪的人都对自己的装备讳莫如深，因为一旦曝光，动起手来，对自己不利。

第二，身不离衣。镖师在走镖的时候，一年四季都是和衣而卧，因为一旦出了事，可能没有穿衣服的时间。北方的冬天更不能光着膀子上阵，一听见动静，翻身下床就能打，这是硬道理。

第三，车马不离院。镖师进店以后，就有专人值更，值更的人要负责看护车马，院外不管发生什么情况，镖师也不能问，也不能管，就怕中了贼人的调虎离山之计。

睡觉的规矩虽然非常严格，但是它的出发点是为了镖师好，遵循这个"三不离"，才能更好地确保安全。

有的时候，镖师走镖保护的不是财货，而是旅客的人身安全，这叫客镖。有人说，客镖是不是就比较省事了？为什么这么说呢？走客镖，这"镖"是活的啊，匪徒来了他还能跟着镖师跑，安全的时候大伙在一块儿唠瑟唠瑟，聊聊天，还能打发一下旅途的寂寞，对不对啊？

这只是您那么想，列位，实际上客镖特别不容易。需要镖师护驾的旅客，一般不是平民百姓，不可能有这种情况：北京城这儿来了一个说相声的，雇八百个镖师，你们给我送到天津去！好家伙，这说相声的得缺多少德呀？哪有这么些人追杀你啊？

客镖的主顾，一般都是上任或者卸任的官员，或者是官宦人家迁居，要不就是回原籍探亲的富商大贾，不是有钱的就是有权的，也有的是二者兼备。人说"三年清知府，十万雪花银"，官员聘请镖师护驾，一般都还携带着眷属、钱财，都是行动不便还不好伺候的阔主儿，当然也是贼人算计偷袭的对象。走这样的客镖，不但目标大，行动还不方便，所以说保客镖比保货镖更难，不但不能丢镖，而且还得保障老爷、夫人、小姐、少爷等人的安全。

保客镖，有三忌。

第一忌，忌问囊中为何物。你不能问主顾，您这行李里面都有什么金银财宝，只能问他，一旦发生意外，哪件行李是必保之物。为什么呢？因为"财聚一身，得失于心"，古代社会发财的人发的尽是不义之财，最怕露白。现在呢，有钱人最怕曝光，为商者怕曝光之后树大招风，为官者怕曝光之后御史闻风参奏。所以，囊中有何财物，这是不许问的。

第二忌，忌讳同这个雇主的家眷接触。高官富贾大户人家，三妻四妾是常事，平时金屋藏娇，小厮都不许进二门，怕的就是戴绿帽子。但是旅途中也没法回避，船舱狭小，妻妾眷属进进出出，不好回避镖师，彼此心中总有些异样的感觉。因此，有个约定俗成的习惯，镖师只跟男主人一人打交道，这样一则可以让大人、老爷们放心，二来也避免太太小姐们提出一些不好解决的问题，造成双方不愉快。

第三忌，忌讳镖师中途讨赏。中途讨赏，说得严重一些，等于是敲诈勒索，哪怕是家里出了意外，你没办法，跟人开口借点钱，也会让主顾认为你这是借机讹人家一笔。一般来说，每次走镖平安到达终点，雇主得大摆夜宴，请镖师们吃一顿，再给一些赏银，这个是外快，单独赏的。但你路走到半截，就跟人家伸手要钱，这不成。

如果违反这三忌，往往会给客户造成一些不愉快，影响镖局以后的生意，况且镖局的雇主，个个都有钱有势，哪怕是已经卸任的官，人家凭一个三寸官帖，依然能够给这些镖师来点厉害瞧瞧。所以，三忌之道，是走客镖的镖师必须遵守的规矩。

想要当一个好镖师，那讲究可多了去了。讲究什么呢？这个行当，讲究"三分保平安"！

这是什么意思？简单地说，就是：带三分笑，让三分理，饮三分酒。

为什么要带三分笑？举手不打笑脸人啊！人带着笑，好办事，客客气气地说话办事，让人看着喜兴。

让三分理，礼让于人，讲求和气，出门在外，强龙难压地头蛇，你知道哪个山头上有不要命的主儿呢？万事以和为贵，不能因为置气，耽误了镖局的买卖。

饮三分酒，酒喝多了误事，做任务的时候，镖师不能多喝，饮到三分，这就是极限了。还得是老镖师喝，老年人喝点白酒舒筋活血，可以取暖，年轻的镖师是一概不允许喝酒的。

这些讲究不是谁一拍脑门想起来的，而是无数镖师在江湖中历练出来的，咱们可以看出来，镖行讲求的是个平安。话说回来，镖师真要是碰见匪徒，对方站在道中间劫道，怎么办呢？

镖师走镖得喊镖趟子，喊"合吾"，扬名立威。咱们之前讲过，镖局的祖师爷是乾隆年间的山西人神拳张黑五。黑字上口念合，现在京剧念白也是，您看《挑滑车》里面的词："看前面黑洞洞……"这句词念出来，黑不能念黑，得发"合"的音，同理，"黑五"念出来，就成了"合吾"，为的是喊给道上的朋友听。也有不喊镖趟子的时候，镖师走镖，走到某个土匪的山头，大家不出声音，哑着过去，这是给人家面子。

一般的土匪劫镖，会在道上摆上一些荆棘。荆棘上满是尖刺，摆在大路中间，人过不去，马也不能走，不然万一划破了马腿，后面的路就更走不了了。而且，最要紧的，是镖师不能自己把荆棘拿开，这是规矩，得等人家占山为王的强人们出现了，大家一起谈判。

强人们出来了，按照江湖规矩，倒也不会上来就抢，而是先跟这个镖师盘道，用江湖上特有的行话来交谈，这叫"春点"，也叫"调侃儿"。

过去旧社会，不管是做生意的也好，卖艺的也好，甚至山上的土匪也好，他们往往都有一套江湖隐语，时至今日，有的时候我们在外面碰见了一些江湖道上的老人，大家聊闲天时提起这个，还都能聊到一块儿去。这些劫道的强人也是有规矩的，彼此之间沟通时，怎么问，怎么答，都有一套黑话。比如说，镖师在路上跟土匪遇上，土匪就得问：

"你吃谁的饭？"

镖师得说："吃朋友的饭。"

问："你穿谁的衣？"

得回答："我穿朋友的衣。"

因为镖师也明白，江湖走镖，靠的全是朋友们的帮衬。别看一个来自镖局，一个是绿林出身，他们身后的派系总会有些渊源。两人聊几句，再问一问对方的门户，师父是谁？是哪座山头的？人不亲艺亲，艺不亲刀把子还亲，若是彼此的名号都在江湖上有所耳闻，一般也就放过去了。

当然了，也有那些个不开面儿的草寇，非劫不可，可即便到这会儿，镖师还是不会动手，而是继续忍耐，劝劫匪放手：

"朋友您听真了，您是林中的好汉，我是线上的朋友，您在林里，我在林外，你我俱是一家。"

如果土匪说"咱不是一家"，镖师还得忍，这就是压着心火在说话了："五百年前是一家，是朋友吃肉，不是朋友啃骨头，啃了骨头您可别后悔。"这话的意思是：我功夫很硬，再不识趣咱们就交手吧！

聊到了这个节骨眼儿上，这土匪还是非要动手不可，镖师也就不废话，直接亮兵刃了。同时还会跟自己的同伴喊话，大家一起压上来打。

其实，在交手的时候，镖师往往还是会手下留情，从他们的角度，只要把劫匪赶走就好，不到万不得已，不能出人命，冤冤相报何时了？

有人说，怎么镖师这么窝囊呢？其实不是，江湖啊，就是如此，它并不像武侠小说里写的那么简单，很少有人一言不合就打打杀杀，江湖老手中多的是人情练达的"老油条"。大家都是道上混的，低头不见抬头见，能致一伤，不致一死，凡事留一线，日后好相见，就是这个意思。

镖师对待地方上的地头蛇，也是如此，无论到了哪儿，难免有地头蛇来找麻烦，借口镖师没来拜码头，找镖师动手，其实不过是为了自己能够在江湖上扬名立万。一般来说，镖师会先让他三招，这是有意试试对方的功夫深浅，三招过后，镖师就知道来人有多大能耐了。要瞧见对方的武艺不如自己，得了，速战速决，镖师会狠狠地还三招，但是不会把地头蛇打趴下，点到为止，收招定式，嘴上还得客气："哎呀，我久在江湖这么多年，您这功夫我没见过，你这功夫太俊了，您师承哪派啊？您让我开眼了，得了，咱们交个朋友吧。"

说这几句话，为的是让人家脸上好看，地头蛇一瞧，得了，打不过，赶紧就坡下驴交个朋友吧。这叫什么呢？这就是那句江湖话：城墙高万丈，全靠朋友帮。日后谁有个马高镫短，也好有个帮衬。所以说，好的镖师必须要有极高的情商，长袖善舞，八面玲珑。

不过，好镖师绝不是只会耍嘴皮子，危急时刻，要能够挺身护镖，以死尽职。

清朝末年，北京前门外著名的会友镖局里有一个传奇的镖师，名叫李尧臣，河北冀县人。光绪二十七年（1901年），李尧臣带着一队人马，从保定去往天津，要保十万两现银走镖，刚到下西河，就遇见歹人劫镖，双方展开鏖战，李尧臣手下的八个镖师死了四个，但他们拼死保住了大部分的镖银，这件事轰动了武林。京城八大镖局齐奔天津，平山灭寨，把贼寇擒获正法，才算为死去的四个弟兄报了仇，雪了恨。

还有一次，李尧臣跟他的师叔焦朋林带队走镖，一行十二个镖师，途经八达岭，遇见有人拿着灌了沙子的枪劫镖，镖没出事，但李尧臣的师兄张华山、武宪章两人被劫匪打死了。所以说这一行极其危险，没有责任心的人，是做不了镖师的。

源顺镖局的创始人是大名鼎鼎的大刀王五，有一次有人来找他走镖，要到内蒙古的托克托。当时正是寒冬，漫天风雪，走着走着，王五忽然发现，远处隐隐现出几辆大车，车主人正在大路上抽泣，上前一问，原来是遭了土匪劫道的客商，土匪不光抢走了财物，连拉车的牲口都抢走了。王五一看，得了，把自个儿的马给了人家，他自己的车呢？就靠人力推拉，十分艰辛地回到了北京。

被救的商人非常感动，特意赶过来送了匾额，以示感谢之意，此事传为江湖美谈。当然了，被劫匪劫了镖车的事情也常有，这叫失镖。镖师在每走一趟镖之前，都要打点好家里的一切事务，做好一旦出事就不再回家的准备。

镖师保一趟镖下来，挣得并不多，必要的时候可能还得付出生命的代价。镖师高度重视自己与雇主之间的契约关系，重信义，守承诺，而且往往有着侠肝义胆、道义之心。在劫匪的眼里，镖师是从来不会屈服的硬汉；在被保护的雇主眼里，镖师又是永远让他们有安全感的保护神，是他们的腰杆子、护身符。有镖师在，生命财产就会安全，生意就会兴隆发达。

这是外行人对镖局的一种片面认识，镖师自己心里怎么想呢？其实他们经常是有苦说不出，打掉门牙和血吞。他们心中其实常年祈祷的就是一个字：和！心里信仰的也是一个词，叫"以和为贵"。因为从事这一行的人，看了太多厮杀跟死亡，遭遇过太多袭击，见了这么多鲜血和尸体，他们心里也不好受。他们希望自己的职责仅仅是保平安，所以无论面对的是劫匪的袭击还是地头蛇的挑衅，镖师总是以和为贵，希望任何事都能够和平解决，他们的主导精神，是和气生财。

镖局呢，也始终坚持着"不战而屈人之兵"的原则，本着这个精神去处理官方、地方、匪方的关系。镖局对外界的一切挑战，都尽量采取避战的措施，并不是说镖局的人就低人一等，而是镖局的原则是少生事端，尽量大事化小，小事化了，他们不希望任何人的人身或财产安全受到威胁。开办镖局的目的是赚钱，职责是保证雇主人财两安，没有必要对强人赶尽杀绝。倘若强人真的非要强人所难，镖局为了坚持对雇主忠诚守信的精神，也只有跟强人一搏生死。所以说，保镖这个行业不容易。过去我们说相声说到保镖的时候，先生老师们就说，你们轻易先不要学这个，这个太难了，不是你们想说就能说的行当，这里面的复杂关系，你要是不了解、不熟悉这习武之人，你就没法说清楚。

当然了，时代在发展，社会在进步，现在这些练武的人跟当年的那群人也不太一样，我们节目里也经常出现这些小包袱，说谁谁是练武术的，能耐大得都不行了，嚯！投名师，访高友，认识四处的高人。说到高人，高人厉害到什么程度呢？我在台上老跟谦哥开玩笑，说他是练武术的，请高人教他练铁砂掌，这铁砂掌可不得了，单巴掌挥动，是五百斤力气！两巴掌挥动，是一千斤的力气！后来谦哥不幸英年早逝，就是因为早晨起来洗完脸，往脸上拍爽肤水的时候，使大了劲，一拍把脸给拍碎了。这当然是句笑话，一说一乐的事情。

　　讲评书、说单口相声的时候，我们常讲到侠义江湖，偶尔提到飞贼，总会想办法用不一样的手法和与众不同的技巧来形容飞贼的能耐。过去北京有一个专门供人走江湖卖艺的场所，这个场子里，有一个飞贼，外号叫"赛狸猫"。他能耐大到什么程度呢？有人在天桥打把式卖艺，大伙围成圈看，赛狸猫手持着满杯的酒腾空而起，踩着围观人的肩膀、头顶，绕着场子飞窜一圈，落地之后酒都不洒，被踩的人还不知道疼！这个就很厉害了，是不是？

　　还有的飞贼，能耐大，能去抢镖，但小偷小摸的事他也干，实在没辙了，甚至会上饭庄吃白食。老段子里说，京城来了一贼，没人敢惹，这贼进城，直接住在镖局里边，镖局还得管他吃住，他说你们不用管我，我能耐大，别看我没钱，照样能到处吃饭。他就自己去饭馆吃饭，吃了二斤饼子、一斤肉。吃完之后起身要走，伙计说了："您得给钱呀！"

　　飞贼乐了："我为什么给钱？"

　　"您吃我们东西了！"

　　"我吃什么了？"

　　"您吃了二斤饼子，一斤肉。"

　　"哦，是吗？好，我跟你这么说，我这个人哪，都没有三斤重，我怎么吃得了你二斤饼子一斤肉？"

　　饭馆掌柜的赶过来，一听前因后果，都快气死了，掌柜的说："你人有没有三斤重，咱们来个秤称一称吧。"

　　秤搬来之后，这贼大大方方就上去了，大家一看，好家伙，二斤四两！

掌柜的都傻了，这个人确实还没有三斤重，这怎么能是二斤四两呢？得了，这是遇上了有能耐的贼！算你厉害，走吧走吧！

其实呢，这是因为飞贼有内功，您别看他上秤好像特别轻，到时候他跟你一块儿劫个道啊，劫个镖啊，那都是好手。

当然了，镖局这个机构，现在已经是个历史名词，后来社会发展，随着火车、汽车、轮船的出现，镖局的买卖逐渐难以为继，北京八大镖局先后关闭。有了火车，自然就不用镖行押镖了，功夫再高，血肉之躯也挨不住洋枪啊。

镖局的消失伴随着一种中国传统江湖精神的消失，老舍先生的《断魂枪》写了："自从洋人把火车、洋枪带进了中国，天下已经没有江湖可言。"江湖不是流氓黑社会，而是忠肝义胆、一诺千金。

04

刺配：洗不掉的『文身』，
抹不去的耻辱

因为录节目的原因，我重新整理了一遍《水浒传》，突然想到其中有一个题目能跟大家聊聊，就是刺配充军。大家可能知道刺配是对罪犯的一种惩罚手段，但具体指的是什么呢？这里面有什么门道呢？很多人其实不了解。

在过去，刺跟配其实是两种不一样的刑罚，是有区别的，在宋朝的时候，这两种刑罚合二为一，统称为"刺配"。所谓"刺"，就是在犯人脸上刺东西，这是起源于奴隶制时期的墨刑：在犯人的脸颊、额头和脖子上刺下文字或者图案，然后用墨上色，作为受刑者的标志。这种刑罚一直持续到明清，它对受刑者的身体伤害有限，它的存在主要是为了羞辱受刑者。

元朝的时候，"刺"的位置发生了变化，从刺双颊发展成了刺面、刺脖子、刺左右手臂。到了明朝，更多的是刺在左右手臂上，这种刑罚一直持续到了清朝末年才被废除。古人还为这种刑罚发明了一个专业名词，叫"打金印"，不同的囚犯脸上刺的图案、大小、形状都不一样。比如说，有人偷东西了，就要在他耳朵后边刺一个环形，这个圆圈刺在他耳朵后面，别人一看就知道他偷过东西。被判处流刑、徒刑（发配）的囚犯，脸上会被刺一个方形。被处以杖刑的人刺圆形。如果捉住了强盗、劫匪，便在他们额头上刺下"盗""劫"等字样，这些人的脸颊上往往还刺有发配的地点，因而一看犯人脸上的刺字，就清楚他被定了什么罪。

"刺配"的这个"配"呢，就是流放、流配的意思，它大致可以按照罪行的轻重分为这么几个等级：本州、邻州，500里、1000里、2000里、3000里乃至沙门岛。本州就是本地。邻州，是把犯人发配到隔壁地区和隔壁省。罪行更重的话，可以发配500里、1000里、2000里和3000里不等，最远的刑罚是流放到沙门岛。咱们看《水浒传》，里面就出现了五种流配方式。被发配最远的是玉麒麟卢俊义和铁面孔目裴宣，他俩被发配充军，充军之地是哪里呢？沙门岛！沙门岛就是指现在的山东长岛一带，按距离算，得有3000里以外了。

我统计过，《水浒传》里被判刺配之刑的共有十二个人，其中有七位梁山好汉：林冲、武松、杨志、宋江、裴宣、朱仝、卢俊义。前六位是属于过失犯罪。到了卢俊义，罪名大了，说他"勾结叛贼"。这是谋逆的大罪！所以把他发配到了最远的沙门岛。想来卢俊义的脸上、脑门上，"强盗"俩字是免不了的。还有几个被刺配的：高俅、何涛、董超、薛霸、王庆，但他们不是水泊梁山的人，书中对他们的结局也没有用心交代。

被刺配的犯人到达目的地之后，让他们干吗呢？因为与小说要表达的主旨无关，《水浒传》里也没怎么交代。事实上被刺配的囚犯到达目的地后，就要进入当地的军队服役。他们所隶属的军队名字叫厢兵，"厢"就是"包厢"的"厢"。《宋史·兵志三》上曾经说过："厢兵者，诸州之镇兵也。内总于侍卫司。"

说白了，就是朝廷派出来负责驻守各地的地方部队。这个制度起源于唐末五代。

当时的地方司法官吏很喜欢施用，甚至滥用刺配之刑。北宋末年，金兵南下的时候，许多民间的豪杰好汉联合起来抗金，其中很多人都是罪犯，南宋建立之后，这些人都算是功臣，需要入朝受封。但无论朝廷还是功臣都很尴尬。为什么呢？这批新功臣脸上都打着金印，刻着"强盗"字样，而按宋朝法律规定，罪犯是不得入朝面见天子的。因为这个缘故，宋高宗还特地发布了一个诏命："今后臣僚有面刺大字或灸烧之人，许入见。"意思是过去的事就算了，抗金是大功劳，就算大家脸上有名人字画也不打紧，放心来受赏吧！

滥用刺配之刑实际上是加重了对罪犯的处罚，当时也有很多有识之士反对，有人说这得减少，有人说要完全废除，但是都没有被朝廷采纳。这个刑罚从宋朝传到元朝之后，元朝不但继承，还将之全面发展了，不但将图章盖在脑门上，还发展到刺面颊、项部等。到明清时，更多的是刺左右臂。到清末的时候，才渐渐废除。

生活在宋朝有个好处，皇上动不动就大赦天下。几乎两三年就能赶上一回。不管是皇上过生日还是立了太子，都会下令大赦天下。每一次赶上大赦，那些犯罪情节较轻，或者在厢兵中表现很好的犯人就可以被释放回家了；而罪行严重的，则要终身服役，重罪犯会被发配到沙门岛。

五代后汉乾祐三年（950年），有一个节度副使因为工作失误，城池失守，被流放到沙门岛，从此沙门岛就成了重犯的流放地。沙门岛在哪里呢？它位于今天山东省烟台市长岛列岛的南端，现在的沙门岛——长岛，以风景秀丽闻名于世，有"海上仙山""天然氧吧"之称，是国家级自然保护区。但在北宋，沙门岛可不是旅游胜地，那可是一个地狱般的存在。一听说刺配到沙门岛，那可能就回不来了。

沙门岛孤悬海外，来往只能靠坐船，从地理位置来说，十分便于关押、管理犯人。宋仁宗景祐年间，在沙门岛发生过囚犯偷船逃跑的事情。朝廷便在沙门岛增派了几百名水兵，还另配了刀鱼形状的兵船，这是当时速度最快的一种船，是专门为了逮捕逃犯准备的。

为什么犯人拼了命也要逃走呢？一个字：饿！沙门岛面积不大而关押的犯人极多，岛上的粮食、蔬菜、水源等供应都很紧张，为了保证补给，岛上的看守每年都要处决大批犯人。沙门岛最多的时候有千把个犯人，但是朝廷只给沙门岛提供300人的粮食。千把个人去分300人的口粮，其中的惨烈可想而知，对罪犯来说，一旦被发配到这里，几乎就等于被判了死刑。上了沙门岛，再想还乡那是千难万难。《水浒传》里，押解玉麒麟卢俊义的董超、薛霸不就对卢俊义明说了吗？——"便到沙门岛也是死，不如及早打发了。"在当年犯人们的心中，沙门岛就是一座鬼门关。

除了沙门岛，通州的海门岛也是发配犯人的地方。宋人管犯人劳动改造的地方叫牢城营。比如《水浒传》里的武松就被刺配到了孟州牢城营。牢城营跟监狱差不多，士兵看守着犯人，强制他们在高墙里进行生产活动。

沙门岛属于蓬莱县沙门寨，所以这个牢城营就叫沙门寨，寨主就是监狱长。官方的称呼叫监押，相当于沙门岛的"土皇上"。治平年间沙门寨的寨主叫李庆。这个李庆平时最大的乐趣就是杀人。在他当寨主的两年多时间里，竟然杀了700多名犯人，完全是视人命如草芥。不仅如此，他还制定了各种变态的刑罚。

1. 戴枷锁。

按照当时牢城营里的规定，枷锁每天都应该有一定的时间是卸下来的，这样犯人可以稍微活动一下筋骨，不至于造成残疾。但李庆不准犯人卸枷，在他管辖的区域内，所有犯人都必须一直戴着枷锁，就是骨头变形也不准卸下来。

2. 不让犯人吃饭，活活饿死他们。

宋朝的刑法规定，狱卒不允许克扣犯人饮食，"应给饭时而不给者杖六十"，就是说应该给犯人吃饭的时候，你把粮食给扣了，就要打你60板子。但是在沙门寨这儿，这个条例形同虚设，狱卒看一个囚犯不顺眼，就敢不给犯人饭吃，眼睁睁看着他饿死。

会出现这种怪象，首先是由于粮食紧张，因为沙门岛的供粮实行自给自足制。当时岛上只有80多家岛户种粮种菜，岛上的犯人在200人左右，后增至300人，朝廷也只提供300人的口粮。但是到后来，流放到岛上的犯人越来越多了，怎么办呢？这时正是李庆当寨主的时期，这个杀人魔王为了解决粮食危机，有时就直接命令狱卒将犯人扔进海里淹死。

3. 喂犯人锯末，腹胀而死。

这是一个非常残忍的杀人方法。狱卒把锯末跟水混在一块儿，强行让犯人吃下去，锯末灌在肚子里边无法消化，犯人不久便会腹胀，最终在痛苦中死去。

4. 石布袋。

把石头装进布袋里，把布袋压在犯人肚子上，让其只能出气，不能吸气。

这个方法妙在不会在犯人体表留下痕迹，犯人最终窒息而死，杀人者无需承担责任。

5. 喂泥鳅。

在小鱼肚子里放入鱼钩，让犯人把小鱼生吞下去，鱼被消化后，金属鱼钩没法消化，便会钩破犯人肠胃，令其内出血而死。

6. 钉钢针。

用粗钢针钉入犯人的肩胛骨，直接钉入肉里，犯人的胳膊抬不起来，但还是要继续劳动，如果拒绝劳动，就将犯人活活打死，这也是李庆用来折磨犯人的方法之一。

沙门岛上的这些刑罚造成了囚犯的大量死亡，而且监押条件很差，大量犯人挤在一个小监房里，一旦有传染病，便会出现大面积的死亡。岛上粮食严重匮乏，无医无药，犯人患病只能听天由命，一旦死去，便会被抛尸入海，有些身患重病的犯人还没咽气就被活活扔进海中。

岛上有个不成文的规定，就是犯人的数量始终要保持在200人以内，超过200人，就会有人突发死亡。说是猝死，其实就是那些病弱的犯人被身体强壮的犯人活活折磨死。死也就死了，也没有人去深究。

仁宗年间，京东转运使王举元发现岛上生存条件如此恶劣，就给皇上写报告，说发配到沙门岛的犯人，"如计每年配到三百人，十年约有三千人，内除一分死亡，合有二千人见管，今只及一百八十人，足见其弊"。他反映了这个问题，但反映问题也没有用。早在真宗天禧年间就出过类似的情况：著作郎高清因罪刺配到沙门岛，沙门寨监狱监押官董遇不知出于什么动机，借故寻事，害了高清的性命。后来真宗大赦天下，高家一家老小苦苦等待，却不见高清返乡，历经曲折，才打听到高清已在沙门寨被害。高清的长子决心为父申冤，历经艰辛到京城告状，在大理院滚钉板去击鼓喊冤，这件案子惊动了宋真宗，皇帝亲自下令要查清此事，但因高清和有关当事人已死，这宗案子最终不了了之。宋真宗只好讲了几句好话来安抚被害人家属，下诏云："沙门寨监押不得挟私事非理杀配流人，委提点五岛使臣常察举之，违者具事此闻，重置其罪。"

天高皇帝远，宋真宗办不到的事，仁宗也一样无可奈何，沙门岛就成了这么一个无法无天的存在。所以《水浒传》第十七回中，济州府尹听到梁中书派来的干办说"请相公去沙门岛走一遭"时，竟吓得魂不附体，也来了个上行下效，限定三都缉捕使臣何涛十日破案，并在何涛脸上刺下"迭配……州"字样，以此催逼何涛加紧缉捕，免得他自己丢官送命。谁也不敢去沙门岛啊，上沙门岛，就是进了鬼门关！

法兰西学院有一位教授曾经写道："只有不再杀人，人类才真正得以为人！"

话说得很好，也不知道当时沙门寨的寨主知不知道这几句话，当然了，他也不知道什么叫法兰西呀。

05

中国古代酷刑：带你见识地狱级痛苦

我闲着无事看书的时候，发现有一个叫来俊臣的人，写了一本叫《罗织经》的书，看得我非常感慨。这来俊臣，是武则天时期的一个惨无人道的大奸臣，他是一个酷吏。来俊臣的能力就是告密，通过告密获得了武则天的宠幸。在武则天时期，有上千家王公贵族大臣全家被无辜杀害，都是他干的。

这么一个十恶不赦的人，怎么会成为武则天的心腹呢？

说来话长，来俊臣少年时代就是个地痞流氓，每天作奸犯科，一点正事不干，最终因盗窃被捕入狱。这个人到了监狱里头，仍然不安分，经常向狱卒告密，揭发其他犯人隐瞒了某某罪行。但他告密毫无根据，压根就是捕风捉影，狱卒知道他喜欢无中生有，也不把他的告密当回事。但来俊臣这人吧，还挺持之以恒的，这一级官员不搭理他，他就向上一级官员告密，告来告去，竟然告到了刺史东平王李续那里。李续很重视，立刻派人调查，结果发现根本是子虚乌有，李续受够了他的胡言乱语，便让手下将他痛打了一顿——"杖之百"。

这一百杖让来俊臣怀恨在心，恰逢不久之后李续犯案被朝廷诛杀，来俊臣立刻向上告密，揭发李续的罪行，并移花接木，把自己被李续痛打一事说出来，以证明自己的忠诚。武则天见到这封举报信，十分高兴，认为此人对自己忠心耿耿，是个可造之才，便破例接见了来俊臣，还提携他做官，把好多案件交给他审理。

来俊臣审理犯人的手段残忍至极，他发明了种种骇人听闻的刑具。经受审讯的囚犯，无论贵贱，只要不按照来俊臣的意思招供，便要大刑伺候，轻则身体伤残，重则性命不保。

来俊臣尤其喜欢对犯人家族实行株连，一个案子有时可以株连千余人。满朝文武大臣噤若寒蝉，尤其是皇室宗亲和李唐旧臣，慑于武则天的淫威，更是敢怒而不敢言。

为了方便构陷政敌，来俊臣在全国各地豢养了数百名流氓无赖，这批人专门给人罗织罪名，每当来俊臣决定要诬陷某人，便派出各地豢养的爪牙同时上告此人，罗织的罪状也都大同小异。不论什么案子，只要到了来俊臣手中，必定可以得出令当权者满意的结果，来俊臣因此成了皇帝面前的红人。武则天在丽景门内设置了一个推事院，让来俊臣负责刑讯逼供。丽景门又叫新开门，犯人只要进入新开门，几乎难以存活。

来俊臣审案的时候，绝不会按照传统的流程审问犯人，犯人一进门，先用醋灌鼻子，或者给犯人搁到地牢里头，又或是泡在粪便里。要不然就是找一个水瓮，把犯人放进去，在瓮外面架上柴炭，点火，大煮活人。犯人不按他的心意招供，就不给饭吃，有的犯人饿极了，死前把衣服里的棉花都掏出来吃了，十分凄惨。

当时有两大酷吏，一个是来俊臣，一个是索元礼。这两个家伙天性残忍，来俊臣、索元礼两人当时被合称为"来索"，就是来了就给你捆上的意思。

这两人臭味相投，一块儿发明了十种枷刑，其中有一种叫"突地吼"，凡是上了这种突地吼的，都要在原地不住地转圈，人很快就会上吐下泻，晕厥倒地。还有一种称为"铁圈笼头"，审讯时，就将铁圈套在犯人的头上，如果犯人老老实实地供认自己的罪行还好，否则，来俊臣就指示手下往铁圈里加木楔，很多人因此脑浆迸裂而死。来俊臣审讯犯人时，先在囚犯面前摆上满地的刑具，不管囚犯身份多么高贵，品行多么坚毅，见到这一屋子奇形怪状的刑具，也会当场吓得魂飞魄散，什么罪行都愿意承认。

武则天为了维护自己的统治，用高官厚禄养着这些酷吏。酷吏们便更卖力地发明出种种刑罚，酷吏彼此之间还会比较谁更残酷，谁拉下水的官员职位更高，谁立下的功劳更大。因为告密的人满大街都是，日子久了，人跟人之间不敢互相说话，大臣们在路上碰见了，就互相拿眼神示意一下，唯恐话说出口会惹来祸事。

来俊臣最引以为豪的功绩，就是灭族。囚犯送到他手里，来俊臣会千方百计让对方招认自己犯了谋反之罪。他先奏请武则天下令，再拿着女皇的敕书审问犯人，为了保住自己家族成员的性命，犯人们往往会痛快认罪。如意元年（692年），来俊臣构陷宰相狄仁杰谋反，狄仁杰心知自己已经失去女皇的信任，便承认自己身为李唐旧臣，对武周确实有不臣之心，甘愿听从诛杀。来俊臣又想要通过狄仁杰一案，牵连杨执柔，示意狄仁杰在供词中把杨执柔也拉下水。狄仁杰长叹："竟让我做这种事！"随即一头撞在柱子上，血流满面，负责审讯狄仁杰的是来俊臣的心腹王德寿，看到这番情景，也不禁咋舌，不敢继续逼供，匆忙退下。最后狄仁杰的儿子通过种种渠道，将狱中的情形上报给武则天，女皇亲自审理狄仁杰一案，才算保住了狄仁杰的性命。

来俊臣不仅残忍，还十分好色。只要看到官民妻妾中有漂亮的女子，必定千方百计夺取；有时指使人罗织罪名告发某人，然后假传武则天的命令夺取他的妻妾，前后罗织罪名，杀人不计其数。

他连外宾都敢算计，西突厥酋长阿史那斛瑟罗的家中有个能歌善舞的俏丽婢女，被来俊臣看上了，便让党羽诬告斛瑟罗谋反，好趁机谋算他家的婢女。结果西域的几十位酋长一起来到金殿上，当面向武则天诉冤，为了保住斛瑟罗，酋长们用刀割耳破面，几十个人血流满面地向天子保证，这个人是冤枉的，他绝没有谋反之心，斛瑟罗这才没有获灭族罪。

李氏皇子皇孙都害得差不多了，唐朝旧臣也没有敢说话的人了，为了窃取更大的权势，来俊臣竟然将手伸向了武氏王族，开始罗织罪名诬告武氏诸王及太平公主谋反。武氏诸王恐惧极了，与太平公主商议对策，决定共同揭发他的罪行。武则天最初还用"来俊臣有功于国家"的借口来为他开脱，后来看到来俊臣实在是天怨人怒，便决定丢卒保车，用来俊臣的性命去收买人心。武皇重用来俊臣，主要是用他来监督舆论，铲除异己，现在这个目的已经完成得差不多了，便顺水推舟将来俊臣判了死罪，他的族人也受到了牵连，被全部诛杀。

来俊臣死时四十七岁，被斩于闹市并陈尸示众。憎恨来俊臣的人非常多，尸首上的肉都被剐干净了。老百姓开心得不行了，当年有这么一句话，说来俊臣一死，咱们老百姓可以放心把脊背贴着床睡觉了。由此可见，这个人可怕到了什么程度。

酷吏要害人，也得有手段。除了罗织罪名，酷刑也是他们最重要的一个技术手段。

从古至今，人类发明了很多酷刑——大家都说人比鬼还可怕，可怕就可怕在这儿了，人害人，害死人啊。今天我们查阅这方面的资料，还可以看到很多相关记录。有一种酷刑是剥皮，刽子手从犯人的脊椎处下刀，把背部的皮肤分成两半，这一刀要割得准不容易，需要熟手慢慢地分离皮肤与身体，像蝴蝶展翅一样将皮撕下来。有一些有经验的老手说，最难剥的是胖子，为什么呢？胖子的皮肤跟肌肉之间有一层油，不好处理。

民间还有一种传说，讲了一种独特的剥皮方法，但是可信度不高。传说把人埋在土里，只露出一个脑袋，在人头顶上拿刀割一个"十"字，把头皮划开，往里面灌水银。由于水银比重大，就会把肌肉跟皮肤拉扯开，人在里边疼，然后"噌"一下就蹦出来了，就剩一张皮留在土里边。电视剧电影里有讲过这个方法的，我也想象过这个画面，觉得不太可能。皮剥下来之后，还要做成两面鼓，挂在衙门口让老百姓看。你看，这是犯了大罪的人。最早的剥皮是死了之后才剥，后来就发展成活剥，太残忍了。

还有一种酷刑，叫作腰斩。腰斩是把人从中间切开。各位想想，人体主要的器官都在上半身，所以犯人不会当即就死。当间咔嚓一声切开了，犯人仍然神志清醒，得过好长时间才能死。朱棣杀方孝孺，就是用了腰斩之刑。据说一刀下去，方孝孺下半身没了，他以肘撑地爬行，拿手蘸着血写篡位的"篡"字，写了十二个半"篡"字，人才咽气。所以说，腰斩真的很残忍。

还有一种刑罚：五马分尸。咱们平时听书，评书里老说这个。五马分尸，就是把受刑人的脑袋跟四肢套上绳子，由五匹快马拉着向五个方向奔去，把人撕成几块。当年那个在秦国变法的商鞅，最后的下场就是五马分尸，痛苦程度可想而知。

还有一种刑罚，叫"具五刑"。所谓具五刑就是指对犯人先后施以黥、劓、斩趾、笞杀、枭首等刑罚，即"大卸八块"，通常是把人杀死以后，才把人的头、手脚剁下来，再把躯干剁成三块。这个方法与五马分尸颇为相似，但仍有细微差别。

还有一种酷刑，就是凌迟。凌迟最早是把人杀死之后剁成肉酱，据说孔子的弟子子路、周文王的大儿子伯邑考都是受此刑而死。读过《封神演义》的朋友应该对伯邑考这个名字不陌生。传说伯邑考去朝歌面见纣王，给自己被囚禁的父亲讲情。妲己见伯邑考容颜俊美，琴艺绝伦，就坐在他怀中要他教自己弹琴，谁料伯邑考坐怀不乱，妲己气愤之下，便诬告伯邑考调戏自己，还暗骂纣王无德。纣王于是将伯邑考割去四肢，万刃剁尸，做成肉饼，又送给他的父亲周文王姬昌。为什么要送给姬昌呢？据说周文王姬昌善演周易，懂八卦，能推断。纣王心说，这次把你儿子做成肉饼送去，你要是吃了，就说明你根本不懂周易，什么推算卜卦都是浪得虚名，可以把你给放了。周文王在狱中，一瞧狱卒送来的肉，就知道是自己的儿子。吃，内心实在痛苦；不吃，就永远被关在牢里，没法报仇。万般无奈之下，周文王强打精神吃了肉，纣王就把他放了。姬昌刚回到西周，就觉得胸口难受，张口一吐，吐出三个肉团来，肉团一到地上，顺着风就跑了。大伙说，这肉团是什么呀？得起个名字。姬昌一合计，得了，这是我吐出来的儿子，这东西叫"吐子"吧，打从这儿起，人世间才有"兔子"这种动物。

当然，这都是民间传说，不怎么靠谱。我们只是借这个故事讲凌迟这种刑罚，最初它只要求把人弄碎了，后来发展得就更细致了，要让犯人受更大的痛苦。割多少刀，数目上面都有要求，历朝历代要求不一样，有必须割上1000刀的，也有800刀就可以的。受过这种刑罚的人里，最有名的是明朝的大太监刘瑾，正德五年（1510年）被抄家，明武宗发现他家里私藏了伪玺、玉带等物品，这都是天子用的东西，可见刘瑾早有谋反之心，一怒之下将刘瑾凌迟处死，剐了好几千刀。据说是给刽子手下了死命令，要整整剐三天。史书记载，说头一天剐了一部分，晚上刘瑾被送回监狱，他居然还喝了两碗稀饭，您说这场面多恐怖？凌迟是一个很残忍的刑罚。

还有一个酷刑，是缢首。缢首就是把人勒死。国外也有类似的刑罚，就是绞刑。中国人的缢首是用弓弦把人勒死：把弓套在受刑人脖子上，弓弦朝前，行刑人在后面开始旋转那张弓，弓越转越紧，受刑人的气就越来越少，到最后就断气了。岳飞父子就是这样死在了风波亭。因为他们是功臣，不能斩首，要留全尸。明末流亡到缅甸的南明的桂王，也是这样被吴三桂给勒死的。

前文咱们还说起来俊臣，喜欢把人放到大水瓮里，再架上火煮。还由此出现了一个成语：请君入瓮。这个刑罚叫"烹煮"。没有犯人能经历烹煮之刑而不招供的。

还有一个酷刑，就是宫刑。这是一种破坏人体生殖机能的刑罚。司马迁触怒汉武帝，被处以宫刑之后，他在写给朋友的信中便说："故祸莫憯于欲利，悲莫痛于伤心，行莫丑于辱先，诟莫大于宫刑。刑余之人，无所比数，非一世也，所从来远矣。"可以说，宫刑是一种侮辱性的刑罚，它给人带来的耻辱，比死亡还要令人痛苦。

咱们都听过"孙庞斗智"的故事。魏国大将庞涓与齐国人孙膑都是鬼谷子的学生，孙膑是著名军事家孙武的后人，家传十三篇兵法，才智过人。庞涓妒忌孙膑的才华，又想得到孙膑家传的兵书，便挖空心思陷害孙膑。他先是向魏王举荐孙膑，然后又诬陷孙膑谋反，魏王大怒，将孙膑施以膑刑。孙膑双腿的膝盖骨都被剜掉，成了残疾人，庞涓还花言巧语，骗他把祖传的兵书写出来。仆人同情孙膑的遭遇，告以实情，孙膑才知道自己被同学算计了。他忍辱装疯，逃回齐国。齐国国君敬重孙膑的才能，想拜他为大将，孙膑极力推辞："我是个受过刑的残废，如果当了大将，众人会笑话的。"齐威王就让他做军师，行军时坐在有篷帐的车里，协助大将田忌作战。后来魏王命庞涓率兵攻打赵国，田忌采纳了孙膑的"围魏救赵""增兵减灶"等计谋，诱敌深入，将庞涓骗入埋伏圈，大败魏军。庞涓走投无路，拔剑自刎了。这便是一个关于膑刑的故事。

还有一种专门用在女犯人身上的刑罚——用钢针、竹签扎手指甲缝，别看这小玩意不起眼，它是一种很厉害的刑具。汉朝部员薛安奉命去扬州清查仓库账目，把管理仓库的小吏戴就逮捕，逼他揭发郡太守成公浮。戴就不从，薛安就把针钉入戴就的指甲缝里，然后逼他扒地上的硬土。想想这得有多痛苦？十指连心啊！唐朝开元初年，有一个著名的酷吏，名叫王旭，他经常把竹签削尖了，钉在犯人的指甲缝里，受刑的人疼得死去活来，问什么招什么。

在战争年代，还有一种常见的酷刑，就是活埋！活埋省事，速度也快，而且打仗的时候，军队经常一逮就逮个三五百人的，那就让战俘自个儿挖坑，然后杀掉战俘，再把尸首推下去，但有的时候时间不够，来不及杀了，怎么办呢？就直接把活人推进去，然后一盖土，活埋！

经过前面这些铺垫，再听到"鸩毒"这个刑罚，感觉就比较人道一点。有个成语叫"饮鸩止渴"，就来源于这个刑罚。"鸩"是一种毒鸟，相传以鸩毛或鸩粪泡酒，酒便带有剧毒。随着时间的发展，"鸩酒"成为所有毒酒的泛称，凡是毒性强烈的毒药，都可以被称作"鸩毒"，比如砒霜、乌头等。毒死南唐后主李煜的鸩酒就是用马钱子做成的。从李后主的例子我们也可以看出来，一般而言，被赐鸩毒的人身份都比较高。

还有锯割，就是弄一个大锯，把人活活锯死！咱也不知道是谁出的主意，这都多大能耐？

还有一种酷刑就是断椎。断椎，顾名思义，打断脊椎骨。听着挺解气，是不是？脊椎骨很重要，椎骨一断，这人也就完了。在中国历史上，"断椎"是一个很重要的酷刑。春秋时姬重耳打算重新把刑律再归置归置，得让国内的百姓人人守法，就召集大臣商量怎么修改刑律，商量的过程当中，有一个大臣开会迟到了。姬重耳一瞧，好机会，就命人把这个迟到的大臣的脊椎骨打断处死。这么一来所有人都害怕了，这死鬼跟着姬重耳流亡列国19年，功劳那么大，现在开会迟到，说打死就打死了，其他人可得好好守法呀。所以对统治阶段来说，这个东西还是挺有用处的。

还有一种酷刑叫"梳洗"，是一种极其惨烈的酷刑：拿铁刷子把人身上的肉一下一下地全抓梳下来，直到肉都刷干净，露出骨头来，人也咽了气。据说这个梳洗之刑的发明者是朱元璋，行刑时，刽子手先把犯人的衣服剥光了，一丝不挂地放在铁床上，然后拿滚开的水在身上浇几遍，最后用铁刷子一下一下地刷身上的皮肉，直到肉尽露骨。一般而言，受刑的人等不到最后一步就会死亡，这梳洗之刑真是残忍至极！

梳洗之刑就是最狠的刑罚了吗？您太小瞧朱元璋了。他还研究过一个酷刑——抽肠。找一条横木杆，中间绑一根绳子，高挂在木架上，木杆的一端有铁钩，另一端缒着石块，像是一个巨大的秤。刽子手将一端的铁钩放下来，塞入犯人的肛门，然后把大肠头拉出来，挂在铁钩上，最后将另一端的石块向下拉，这样，铁钩的一端升起，犯人的肠子就被抽出来，高高悬挂成一条直线。犯人惨叫几声，不一会儿就会气绝身亡。明末张献忠对抓到的明朝官吏，也会使用"抽肠"这一刑罚：先用刀从人的肛门处挖出大肠头，绑在马腿上，让一人骑着这匹马，猛抽一鞭向远处跑去，马蹄牵动肠子，越抽越长，转瞬间抽尽扯断，被抽肠的人随即一命呜呼。

还有很多刑罚，比如专门惩治那些勾结奸夫、谋害亲夫的女人用的酷刑——骑木驴，在《水浒传》里也有描写。咱们就不细说了。

　　还是那句话，人心似铁非似铁，官法如炉真如炉。人得奉公守法，但上述这些酷刑，实在惨无人道。万幸咱们生活在一个文明高度发达的年代，今天的刑罚制度中，已经没有类似的酷刑存在了。

06

古代皇帝们弄巧成拙的
『谣言扑灭大作战』

今天咱们聊一个自古以来一直都有的现象——谶语。

谶，就是"一语成谶"的"谶"，意思是预言、预兆。

我们都知道，"一语成谶"，说的往往都是不太吉利的预言，用老百姓的话说，有点乌鸦嘴的意思。这"谶"啊，在中国古代社会，就像幽灵一样，小到一个人的命运、旦夕祸福，大到一个朝代的更替、兴亡治乱，都能见到谶语的身影。

人们常说天道无常，老天要赏要罚，没人能控制，所以在远古时代，很多人就想，要是能预知未来多好啊。打从上古殷商时代起，就出现了很多巫师。他们日常要主持祭祀工作，等到国家之间要打仗了，大王就把巫师先请来："您给瞧瞧，能不能打赢啊？"

巫师说，那我占卜一下吧，打怀里掏出个乌龟壳、兽骨或者掐根草什么的，看一看，说："完了，今儿个打仗准得输！"

大王不信邪，照样出去打，输了。大王叹口气，这个乌鸦嘴，说准了。

这个就属于最早的谶语。

现存记载最早的谶语，是关于周朝灭亡的预言，出自《国语》。《国语》中记载，西周末年，周宣王听到国都内有一个童谣，这童谣唱的是什么呢？

"檿弧箕服，实亡周国。"

"檿弧"是指用桑木做的弓箭，而"箕服"是指用箕木做的箭囊。"檿弧箕服，实亡周国"是什么意思呢？就是说，拥有这两样东西的人会让周朝灭亡。

周宣王听了，很不舒服，这什么人这么乌鸦嘴啊，说我大周朝要灭亡？那谁有这个"檿弧箕服"呢？赶巧了，就在这个时候，有人看见王宫外面的大路边上，有一对夫妻在那儿卖东西，周宣王就问了，卖什么的啊？

"就卖您说的那两样——檿弧箕服！"

周宣王一听，还真有啊，这还了得！立马就把手底下的官吏叫过来："快去快去，给我把这两人杀了。"

官吏们一看，大王发了话，赶紧去，大家拿着刀拿着枪就去逮人了。

卖东西的那两口子一看，王宫里忽然派人来追杀自己，害怕极了，两人赶紧逃跑。在逃亡的路上，夫妇二人发现路边有个被遗弃的女婴。

有人就问了，这是哪来的女婴呢？其实是周国王宫里的一个侍女，未婚先孕，生了一个女婴，害怕被人发现，就把孩子扔到路边，赶巧被这逃命的两口子看见了。这对夫妻心地善良，一看："唉，小孩怪可怜的，捡了她吧。"两人就把这个女婴抱走了。他们带着女婴，逃到了褒国，夫妻二人含辛茹苦将女婴抚养成人。过了好几年，周宣王去世，周幽王继位做了国君，这时小女婴也长大成人了，出落得如花似玉。褒国的国君偶然看见这个女孩的容貌，顿时大吃一惊："这个女孩怎么这么漂亮，得了，献给周幽王吧。"

这个女孩就是历史上大名鼎鼎的褒姒。

褒姒的美貌天下无双，周幽王对她宠爱有加，但是褒姒脾气很怪，进宫以后，从来不笑。

周幽王十分费解，这么美丽的女子，怎么就是不肯开颜一笑呢？

他问褒姒，褒姒说，我生来不爱笑。

后来有一次，宫女不小心撕裂了一匹绸缎，褒姒听到绸缎裂开的声音，居然微微一笑，周幽王大喜，重赏了撕裂绸缎的宫女，从此每天派专人撕绸缎给褒姒听。但是日久天长，褒姒对这种声音厌倦了，周幽王又陷入了苦恼之中。为了让美人开颜一笑，他悬赏求计，声称谁能引得褒姒一笑，赏金千两。

这时，一个名叫虢石父的奸臣就提了个建议，让周幽王点燃烽火，逗褒姒笑。

烽火是敌寇入侵时的报警信号。从首都到边镇要塞，沿途都设有烽火台。犬戎一旦入侵，西周的哨兵便会立刻点燃烽火，邻近烽火台看到，马上跟着点火，以此向附近的诸侯报警。诸侯见了烽火，就知道天子有难，必须起兵勤王，赶来救驾。

周幽王采纳了虢石父的计策，命人传令，点起烽火台上的烽火。

一时间狼烟四起，火光冲天，各地诸侯立刻整装出发，赶来救驾。谁知到了骊山脚下，连一个犬戎兵的影儿都没有，只有周幽王和褒姒饮酒作乐。诸侯们才知道自己被戏弄，怀怨而回。褒姒见诸侯们被耍弄了一番，只能含恨离去，禁不住嫣然一笑。周幽王大喜，立刻赏虢石父以千金。

后来，犬戎军队真的入侵了，周幽王又命人点起烽火。诸侯们看到烽火燃起，压根没有当回事，大家都觉得，这是周幽王为了逗褒姒开心，又拿大家开玩笑，因此没有一个诸侯赶来援助，西周就此灭亡。

关于褒姒的这个故事，有点古希腊俄狄浦斯王的故事的意思，充满了宿命感。当然"烽火戏诸侯"的故事是《史记》中写的，有学者考证说压根没有这么回事，但是天下的事，也很难说，"一个说有，一个说没有"，咱们姑妄言之姑妄听之，不管怎么说，按照史书记载，这应该是最早的应验的谶语。

《史记》里面，还记载了另外一个很有名的谶语，是关于秦朝灭亡的，很多人都听过：

"亡秦者，胡也。"

秦始皇迷恋民间方术，始终相信民间有高人能帮他实现长生不老的愿望，多次派人四处寻药。有一个叫卢生的术士带回来一本书，给秦始皇，说："陛下，我四处寻访神仙高人，虽然没给您找到长生之术，但是在蓬莱山上，看到一本仙书。"仙书上写了一个预言："亡秦者，胡也。"

看完之后，秦始皇挺担忧，"胡也"，胡是谁啊？哦，"胡"是北方的少数民族匈奴。那这赶紧吧，他派大将军蒙恬北伐匈奴，又修筑万里长城，巩固边防。

做了这么多事打击匈奴，秦始皇觉得没问题了，大秦可以千秋万代了。秦始皇临终之前，让赵高传旨，要将皇位传给公子扶苏。

始皇帝万万没想到，他无比信任的宠臣赵高，根本没有宣读这道旨意。赵高和丞相李斯一商议，公子扶苏上位，对他们也没什么好，不如扶植始皇帝的小儿子胡亥上位。那始皇帝的诏书怎么办呢？改了！改成"传位给胡亥"。

最后秦朝亡在了胡亥手里。《史记》上说"亡秦者，胡也"这条谶言也算是应验了。"亡秦者，胡也"，"胡"指的不是匈奴，指的是秦始皇家里的胡亥。

上面咱们说的两条谶语应验的故事，在大史学家司马迁的《史记》中都有记载。

为什么司马迁喜欢写这些个预言成真的故事呢？

因为他生活的那个年代，正是谶语最流行的时代。在汉代，皇帝们往往带头崇尚这些神秘主义的东西，比如汉武帝就特别迷信民间的仙术、方术，到处求仙问道，经常被所谓的"方术士"们骗得团团转，今儿个炼黄金，明儿个登山封禅，整天忙个不停。

汉朝流行谶语，跟当时的大儒董仲舒提出的"天人合一"思想是有关系的。董仲舒提出了这么一种学说：认为天和人是相互感应的，人间的君王如果做得不好，老天爷就会降下灾祸，提醒君王及时悔改；如果不能及时改正，老天爷就得让君王失去天下。有这个思想做基础，汉朝时期的各种谶言、预言，自然大行其道。上至达官显贵，下至黎民百姓，天天提心吊胆，没事就对着天上的星星、地下的石头胡乱琢磨。好像所有的自然现象，都是老天爷要搞大事的征兆。

在当时，人们普遍认为，谶语不是凡人所创造的，是火星从天而降，化为"赤衣"小儿，编出了饱含深意的童谣，在儿童中传播，预告人间的吉凶祸福。

说得是挺邪乎的，但可信度有多少呢？历史上很多声称灵验的谶语根本也不是什么真预言，而是后世根据前朝的历史，穿凿附会去讲的传说故事。比如，咱们刚才说的"亡秦者，胡也"，在秦朝的史书里，是看不见的。一直到汉朝的《史记》才出现这个故事，到底是司马迁编的，还是真实存在的呢？这就很难说了。

那么，有没有一条谶语，是在重大历史事件之前就开始流行的呢？有！

汉朝有一条预言，跟后来历史的发展严丝合缝，这条预言是这么说的："刘秀发兵捕不道，四夷云集龙斗野，四七之际火为主"。

什么意思呢？这里给您分析一下，大概就是说：有个叫刘秀的人要起兵抓捕天下的不道之人，引起了豪强纷争。至于"四七之际"的解释，众说纷纭。有人说"四七"是他二十八岁起兵，有人说跟他打天下的功臣有二十八位，后来也有人传说是"二十八宿"跟着他——二十八个功臣，刚好对应天上的二十八个星宿嘛。按照这个谶语的预测，刘秀最终会成为天下之主。

根据《后汉书》记载，在汉哀帝的时候，这条谶语便开始流行，而且它是有来历的，出自一个神秘的预言书，叫《赤伏符》，据说"赤伏符"就是天上的汉高祖传到人间的圣旨。这个"刘秀当为天子"的说法，被传得神乎其神，很多人对此深信不疑。当时有个大儒刘歆，为了这个把名儿都改了，说我原本叫刘歆，现在不了，列位，我改名叫刘秀，我要当皇帝！

但是，想要当传说中的预言之子，不是改了名就能成的。就在刘歆改名的同一年，在陈留郡济阳县，真正的刘秀出生了，这是原装的，没有经过任何改装的刘秀，他是汉高祖刘邦的九世孙。

由于汉朝推行"推恩令"，要求各个诸侯把自己的封地分给自己所有的子嗣。长此以往，诸侯们的领地越来越小，这样皇帝就达到了巩固中央集权的目的。但皇族子弟们，生活得一代不如一代，到了刘秀父亲这一代，空有个皇室的血统，没有多少实惠可言。刘秀的父亲官职不高，只是个小小的县令，而且在刘秀九岁时就去世了。叔父刘良将刘秀抚养长大。刘秀生性勤勉，在叔父家生活时，亲自下地种田。当然，这种没落的皇族子弟在全国成千上万，根本就没人拿他当回事。刘秀的哥哥刘缤好侠养士，常取笑他，说他像刘邦的哥哥刘喜一样只会种地，将来只能当个农民。

从史料记载来看，年轻时的刘秀，似乎确实没有什么特别出众的地方，勤劳勇敢，老实本分，这个人设完全是一个朴素的农家少年。当时"刘秀当为天子"的谶言一出，全国各地冒出一大堆叫刘秀的人，根本没有人看好这个务农的年轻人。曾有一次，十几岁的刘秀跟随家人赴宴，酒席宴前，有人提起了"刘秀当为天子"的谶言，大家一致认为：这里面说的"刘秀"不能是别人，就是改完名字的大儒刘歆。

刘歆社会地位很高，是皇帝器重的国师。听到这话，年轻的刘秀不同意了："你们怎么知道这个刘秀不是我呢？"

众人乐得前仰后合："这人真是疯了，你一个农民，想什么呢？好好的，踏踏实实地当你的农民伯伯吧！"

当然，年轻的刘秀说这句话的本意，也许只是和大家开个玩笑。他还是继续着自己平凡的人生，种田、读书、考取太学、上京深造，此时的刘秀最大的梦想就是成为一个"执金吾"。所谓"执金吾"，是守卫京师尤其是皇城的北军的最高统帅，位同九卿，社会地位极高。放到今天，那就是中央卫戍部队司令。刘秀在长安太学读书时，看到执金吾率领数百名士兵巡查，威仪非同一般，年轻的刘秀心生艳羡，脱口而出："仕宦当作执金吾，娶妻当得阴丽华。"

这就是后来的光武帝刘秀年轻时候最大的梦想：迎娶新野阴家的千金小姐阴丽华为妻，当一个威风凛凛的执金吾，他就已经很开心了。

太学毕业后，刘秀就失业了，回家继续种田。但此时的刘秀已经不是当初的井底之蛙，见识了京城的繁华，再回乡种田，刘秀的感受就不一样了。

要不说"无巧不成书"呢，刘秀的哥哥刘缤很有几分江湖气，最喜欢结交天下豪杰。这也是一个心高气傲的主儿，他把自个儿比作汉高祖刘邦，把弟弟刘秀比作刘邦那个老实巴交的兄弟刘喜。那意思就是：我早晚得是皇上，我兄弟虽然差我一点，但哥俩感情好，我们俩那就得有福同享，有难同当。

此时正赶上王莽篡汉，王莽登基称帝后，为了缓和日益加剧的社会矛盾，开始推行大规模的土地改革、币制改革、商业改革。这场改革不仅未能缓解西汉末年的社会危机，反而使各种矛盾进一步激化，由于新政中有许多细节无法落到实处，上至豪强，下到百姓，都只受其害，而不得其利。王莽看到苗头不对，又重新修改自己颁布的政策，这样朝令夕改，更使百姓官吏无所适从。就在这个时候，多个省份又发生了水灾、蝗灾、旱灾……天灾不断，广袤中原一时间是赤地千里、哀鸿遍野！赤眉、绿林、铜马等数十股大小农民军纷纷揭竿而起，刘缤可乐坏了，他是个江湖人，生来一身豪气，倾家荡产也要交结天下英雄好汉，而刘秀则比较有城府，处事相对谨慎。刘縯就撺掇刘秀，你看大家都反了，咱哥俩也反了吧！刘秀深思熟虑后，觉得王莽确实气数已尽，就跟着哥哥把铁锹、锄头全扔了，二人意气相投，开始举兵起义。

刘秀起义的过程很艰难，第一个困难是因为他穷。

刘秀穷到什么程度？《后汉书》上记载，"光武初骑牛，杀新野尉乃得马"。就是说光武帝刘秀，一开始起兵的时候，穷得连马都买不起，骑着个牛就冲锋陷阵。其实也能理解，刘秀本来就是一个常年在田间地头劳作的人，种了半截地，憋着当皇上才举兵的。他可不就得骑着头牛吗？"杀新野尉"，就是说，刘秀到了新野县，杀死了当地的县令，才算得了一匹战马。可见刘秀当时有多穷，想换个打仗要用的正规坐骑都很难，他是骑在牛背上起家的开国皇帝。

起义的第二个困难，在于领导权的分散。他们这个起义军里面主事的是刘氏兄弟，刘秀是一个，还有他的哥哥刘縯，以及他们亲戚家的一位堂兄刘玄，三个人都是宗室子弟，从血统来说，都有带领队伍的资格。最终绿林军就推选了最年长也最好控制的刘玄做领导，刘縯被封为大司徒，年纪最轻的刘秀则受封为太常偏将军，刘縯、刘秀对此非常不满，但绿林军人多势大，又有强敌在前，二人只得暂且作罢。

第三个困难，在于当时的皇帝王莽兵多将广，刘秀等人的军队势单力薄。刘氏兄弟们打出光复汉室的旗号，令王莽大为震动，当即派遣大司空王邑、大司徒王寻点四十万精兵，直扑昆阳，打算彻底歼灭刘氏兄弟和绿林军。

这就促成了一场青史垂名的大战——历史上著名的实力悬殊的昆阳大战。

王莽派遣四十万精兵去剿灭绿林军，眼看大军压境，而昆阳的守军加在一起，只有九千余人。就在人心惶惶之际，刘秀挺身而出，率领着十三位骑兵杀出城门，直奔定陵县、郾县去调集援兵。这就看出了刘秀的勇猛和果决。说到这里，又有一件不可思议的事不能不提。《后汉书》记载，王莽四十万大军兵临城下，安营扎寨，准备明日攻城，就在这一夜，"有流星坠营中，昼有云如坏山，当营而陨"。什么意思呢？就是说，夜里有陨石掉下来，正巧砸到王莽的军营里，还没缓过神来，白天又有山一样的云彩朝王莽的军营压下来。

我们说过，那个时代的百姓普遍迷信。看到这些不祥之兆，王莽的部队顿时士气大减。恰在此时，刘秀带着援军杀来，四十万大军竟然不堪一击，溃败而去。

昆阳一战，刘秀一战成名，他临危不乱、以少胜多的功绩，在绿林军中无人不知无人不晓。刘秀、刘縯兄弟俩声望大涨。绿林军里，立刘縯为帝的呼声越来越高。如果事态真的这样发展下去，刘秀就算战功再显赫，最多也就是当个大将军或者当个王爷。但人生的际遇真是很神奇，刘玄因为嫉妒刘縯的声望，竟以谋反的罪名把他给杀了。这一杀不要紧，原本离皇位最遥远的刘秀明白，自己的机会来了。

他虽然年轻，却十分沉得住气，他知道自己的力量还不足以与刘玄抗衡，因此先是装作对哥哥的死毫不在意的样子，既不搭理哥哥留下的部将，也不披麻戴孝地服丧，反而赶去跟首领刘玄赔罪，对于昆阳之战立的大功提也不提，只说自己的兄长犯上，自己也有过错。刘玄看他态度十分恭顺，丝毫没有刘縯的桀骜不羁，反而心生愧疚，为了安抚刘秀，刘玄封他为武信侯。

刘秀也一点不流露出悲伤的样子，喜气洋洋赶到宛城，迎娶了自己思慕多年的新娘阴丽华。刘秀心里明白，自己功高震主，又有杀兄之仇，刘玄已经对自己产生了极深的猜忌，如果不能摆脱刘玄的怀疑，自己早晚会被逼到哥哥刘缤那条路上。

看到刘秀对自己各种服从，刘玄彻底放下心来，后来还派刘秀去河北做招抚工作。刘秀抓住机会，在河北结交各路豪强，攻城略地，巩固了自己的势力范围，眼看刘秀的队伍日渐壮大，刘玄又坐不住了。他派出心腹谢躬，让谢躬去接管刘秀的兵马。刘秀借口河北尚未完全平定，把谢躬拖在河北，不久后，刘秀授意自己的部将吴汉打死了谢躬。自此，刘秀与刘玄分庭抗礼，没出三年，刘秀的势力就越来越大，不但打败了刘玄，还像谶言中说的一样，刘秀即皇帝位，史称"光武帝"。

从他骑牛上阵算起，到他登基，总共也就三年时间。所有的不利因素加在一起，变成了对刘秀有利的形势，"刘秀当为天子"这条指名道姓的谶言竟然变成了现实，这就是无巧不成书！

07

历代选妃记：秀女的素质，
决定后宫的架势

"选秀"这个词虽然是清朝发明的，但是采选民间女子充实后官的做法其实很早就有。有史料记载最早是在汉朝，汉朝选的不叫"秀女"，叫"家人子"。

"家人子"就是平民美女的意思。在汉朝，每年八月，朝廷就派出官员，在洛阳的郊区搜寻"良家女"。"良家女"是有硬性要求的：年龄要在13~20岁，长了一副"合法相"（长得穷凶极恶的带回去怕吓到皇上），而且要"姿色端丽"（汉朝皇帝还是比清朝的要幸福一点，能选到一些好看的姑娘）。这只是"海选"，选完之后，把这些美女用车运回去，送到后官，再进行一轮"决赛"。

通过"决赛"成功晋级，进入汉朝后官的选手们，被划分为十四个等级，比清朝复杂得多，名称也多。皇后、昭仪、婕妤、妤娥、容华、充依、美人、良人、八子、七子、长使、少使等等，都是汉朝皇帝不同等级的小老婆。地位各不相同，皇后最尊贵；第二等级的"昭仪"地位相当于朝中的丞相；最末等的没啥地位，但是朝廷给发粮食，每天发一斗二升粮食，日子过得也挺滋润。

汉朝最著名的"选秀选手"是位列"四大美女"之一的王昭君，她是平民"家人子"出身，被选入汉元帝的后宫。可能皇帝当时公务繁忙，没有时间挨个儿召见，就找了宫廷画师说：朕今年没空看这些民间女子，你给画成美女图吧，方便我挑选！

宫廷画师名叫毛延寿，非常贪财，谁给他小恩小惠，他便给谁画得好看一些。宫中的女子都拼命贿赂画师，让毛延寿给画得瘦一点、俊一点，只有王昭君没给画师好处。因为她很自信，觉得反正自己好看！不怕！结果把人家毛延寿得罪了，毛延寿寻思着这个人不懂事，人家长得歪瓜裂枣的都花钱了，你这不应该啊，既然你不花钱，那我就只能给你画寒碜点了。所以王昭君的画像就被画得特别丑，汉元帝一看就不喜欢。怎么长成这样儿？这画像贴墙上都能当钟馗使了！多辟邪啊！（当然啦，那会儿还没有钟馗，我们这儿就是打个比方。）

王昭君因此没有通过"选秀"的"决赛"，虽然作为"家人子"被留在宫中，但是只能当宫女。等了好多年，皇帝从来没召见过她，宫廷生活非常寂寞，王昭君不想一辈子荒废在深宫之中，正好这时匈奴呼韩邪单于向汉朝称臣归附，并向汉元帝自请为婿，汉元帝决定挑选一个才貌双全的宫女充作公主嫁给呼韩邪，红粉和番，促进两国友好往来。王昭君听说此事，便请求出塞。

她一自愿申请出塞，皇帝好奇了：谁啊？竟然自愿出塞！我要召来见见！

王昭君入宫多年，第一次面见君王竟是出塞之时，当下便梳妆打扮，前来觐见君王。正如后来诗人写的"自矜娇艳色，不顾丹青人。那知粉绘能相负，却使容华翻误身"。汉元帝一见王昭君就傻了，这么一位沉鱼落雁的美人，哪里是画像上的丑女啊！

汉元帝后悔得要命，但是和亲的消息已经放出去了，总不能反悔，只能硬着头皮让王昭君出塞。很快愤怒的皇帝就把当初私自受贿的画师毛延寿给杀了。但京剧里面没说杀，京剧里说毛延寿背着画图跑了，后来又发生了好多故事。那是另一回事，但"昭君出塞"的故事千古流传了下来。

王昭君到匈奴后，被封为"宁胡阏氏"（阏氏，音焉支，意思是王后），象征她将给匈奴带来和平、安宁和兴旺。

到了唐朝的时候，皇帝也从民间采选美女。开元年间，唐玄宗为了充实后宫，特地设立了一个官职，叫"花鸟使"。花鸟使们表面上的任务是选"良家女"嫁给皇上和皇子们，实际上，只要女子长相美艳，无论门第，不分贵贱，都有可能被强行选入宫中。

唐玄宗确实是不挑：只要长得好看的，我都要！

在这种环境下，甚至有青楼女子和有夫之妇被掳掠入宫，这在历朝历代是绝无仅有的。她们中很少有机会为嫔为妃，大多数只能成为婢女，终身困于深宫。

由于这位皇帝太不挑剔，开元、天宝年间，宫女人数竟达到4万之多！

这样的选秀制度，皇帝选得是挺爽，百姓们却非常痛苦。白居易就写了首诗：

　　　　醉酬直入卿士家，闺闱不得偷回避。

良人顾妾心死别，小女呼爷血垂泪。

十中有一得更衣，永配深宫作宫婢。

意思是说：喝醉酒的花鸟使非常霸道，大摇大摆闯入百姓家中，登堂入室，挑选美女。进了哪家哪户，家中的女眷都不许躲避，造成许多妻离子散、生离死别的惨剧。这些女子进入宫里，命运一样很悲惨，一辈子为人奴仆，真是不幸！可见唐朝的"选秀"实际上是很残酷的。

唐朝后宫的职位大致是这么分配的：

第一等级，皇后，1位；

第二等级，夫人，4位：分别称作贵妃、淑妃、德妃、贤妃，是正一品；

第三等级，嫔，9位，这个名字就多了，比如武则天的"昭仪"之位，就属于"嫔"的一种；

第四等级，世妇，27位，才人、美人、婕好都属于这一等级；

第五等级，御妻，81位。

总共122位！由于后宫佳丽太多，唐朝采用了《春秋传》上制定的后宫嫔妃侍寝轮班表。孔子修订的《春秋》中说：月亮象征女性，月亮圆缺的规律象征着后宫侍寝的规律。具体来说，81位御妻、27位世妇、9位嫔，各个等级里每9人中选出一人。从月初新月开始，地位最低的御妻先来，然后世妇，再然后嫔，这个等级的妃子就占用了皇帝13个晚上，第14个晚上，选一位夫人伺候，最后月圆之夜，皇后侍寝。下半个月，地位由高到低，再来一遍。

这个规矩遭到了唐朝皇帝们的强烈抗议，他们纷纷表示：月亮和后宫侍寝的那一套完全是胡说八道！

的确，要是真这么执行，一方面皇帝可能很快就累死了，另一方面周而复始，皇上觉得还有啥乐趣可言?!

于是，为了挑选后宫中谁来侍寝，大唐皇帝们展现出了惊人的创造力，有掷骰子的，有射箭的，无所不用! 用掷骰子来决定侍寝人选的皇帝是唐玄宗，他让宫嫔一起掷骰子，谁掷赢了，谁就侍寝。说起来唐玄宗算是比较会玩的，选妃的法子不止一种，有次他让妃子们头戴鲜花，站在御花园中，蝴蝶停在谁的头上，谁就当夜侍寝。不过天生丽质的杨贵妃现了，唐玄宗"遂不复此戏也"。游戏再好玩也比不过真爱啊!

用射箭来决定侍寝人选的是唐敬宗李湛，他更会玩，发明了一个游戏叫"风流箭"，怎么玩呢? 首先制作纸箭，里面包裹着龙涎香（龙涎香是抹香鲸的分泌物，是未消化的鱿鱼、章鱼的喙骨，在肠道内与分泌物混合结成固体后被吐出的产物。经阳光、空气和海水长年洗涤后会变硬、褪色并散发浓郁香气，极为难得。自古以来，龙涎香就作为高级的香料使用，它的价格昂贵，差不多与黄金等价）。李湛拿着箭，把妃子们都喊来，让她们站得远远的，给皇帝当靶子。李湛一箭射来，被射中的妃子便会异香扑鼻，跟中了彩票一样兴高采烈，因为这代表她今晚能得到皇帝的宠幸。

也许是玩得太野了，唐敬宗李湛十六岁当皇帝，十九岁就去世了。可见，酒色之于人，譬如小儿贪刀刃之蜜啊!

明朝选妃也很有意思。明朝开国皇帝朱元璋有过祖训，他说：我研究了一下，历朝历代皇后都出身贵族，所以免不了外戚干政。我们大明不一样! 选皇后，只许选平民！

这条祖训令出如山，之后明朝皇帝便不能随便娶贵族小姐。他们的后宫几乎都是民间选拔出来的女子。这对平民女子来说是好消息，通过选秀就能"逆风翻盘"，飞上枝头变凤凰！

但是想在明朝选秀成功很不容易，规矩太多了，层层淘汰。史书记载，天启年间选民间女，以备后宫，第一轮召集了13至19岁的少女5000人。这5000人按年龄长幼排好，太监一边巡视，一边汇报：这个个儿太高了，这个太矮了，这个胖了，这个瘦了……原文上说："皆扶出，遣回1000人。"

高的、矮的、胖的、瘦的，第一轮就惨遭淘汰了。

剩下4000人进入复赛。开始第二轮筛选，太监们开始检查，看看耳朵怎么样，一大一小可不行；眼睛太小了不成，太大了也不行，怕把皇上吓着；看看嘴，龅牙看看整不整齐；看看鼻子，鼻子歪斜可不行；得看看头发，头发得油亮还得光泽好。还得看皮肤，一脸麻子不可以，肩膀、后背也得看，长痘的、长雀斑的都不可以，弯腰驼背蹁脚的都不行，反正有任何一处不合格都不得入选。

这一轮筛选，又淘汰1000人。

第三轮，太监搬个凳子一坐：你们一个个上来，报年龄籍贯！参选女子就一个个高声喊"我叫某某，来自某地"。这一轮挑选的标准是声音，声音雄厚的、难听的、沙哑的、口吃的，都不得入选，这一轮再淘汰1000人。

第四轮，太监们拿尺子测量女子的手足，然后命令："走两步！"以观察女子步态是否端庄优雅，这一轮，手脚太长、太短的，以及举止不优雅的都不得入选，这一轮还要淘汰1000人。

最后剩下1000人，千辛万苦进入决赛圈。她们被带入宫中密室，由老宫女们仔细检查，把衣服脱了，从上到下再检查一遍。反正最后只留300人，她们将在宫中集中生活一个月，考察期过后，由宫娥评委团评价哪些聪明、哪些忠厚。最后，只有50人能够进入明朝皇帝的后宫。

这个套路跟电视节目选秀太像了，现在咱们也是弄一批选手，学习一个月，导师评价一下，分个AB班，这一套早在明朝就玩过了。

明朝选妃，对性格要求也很严格，尤其是选皇后，一定要选温柔宽厚的。说白了就是为了选个老实人，不闹腾，免得外戚干政，长得还不能太漂亮，否则祸国殃民！

但是选妃子的时候，倾向于给皇帝选相貌出众的、聪明伶俐的，甚至有点才艺的。这样的筛选标准导致大明皇后们很惨——妃子们太招皇帝喜欢了，皇后一点地位也没有，名为后宫之主，实际上处处被妃子欺负，即使忍气吞声，也有很多皇后无故被废，大明皇后们可以说是中国历史上最凄惨的一群皇后了。

妃子们正好相反，有句歌词：被偏爱的都有恃无恐！这就是明朝宠妃的真实写照。最嚣张的"后宫之霸"是明神宗万历皇帝的郑贵妃。

万历皇帝登基的时候年纪很小，娶的皇后、嫔妃都是太后安排好的。明神宗对后宫丝毫没有兴趣，太后和首辅张居正很着急：这孩子咋回事？怎么对后宫毫无兴趣呢？

一着急就容易走极端，张居正在民间选了9个模样端正的少女，让万历皇帝一天之内娶了9个老婆，其中就有后来宠冠后宫的郑贵妃。

郑贵妃聪明伶俐，而且懂诗文、爱看书。文艺少女很符合少年天子的口味，万历对她宠爱得不行，30年不问朝政，完全沉浸在郑贵妃的温柔乡里。

郑贵妃性格很独特，一般的妃子对皇帝都是百依百顺，她没有，她没事就拿皇帝开玩笑，还经常调笑讥讽万历皇帝，万历皇帝非但不生气，反而觉得这位贵妃真性情，和外面那些讨好我的妃子不一样！所以您看，在选秀中能不能脱颖而出，不仅要看相貌还要看个性，郑贵妃就是以个性取胜的典型案例。

但是皇帝对郑贵妃再宠爱，也不能将其封为皇后，为啥呢？因为皇上年轻的时候，曾经一时兴起，宠幸过一位宫女，这位宫女运气好，怀孕了，太后大喜。当时在宫里皇帝的一举一动，都会被详细记录在《内起居注》上，太后拿来一查："某日某月，皇上跟某宫女眉来眼去"，这跟怀孕的日子正好对上了！我能抱孙子啦！

万历皇帝本来不承认，觉得跟宫女厮混有失身份，结果《内起居注》记载得明明白白，想赖也赖不掉。便封了宫女为恭妃，生的儿子为皇长子。

郑贵妃很快也有了自己的儿子，这一下郑贵妃开始闹腾了，非要皇帝封自己的儿子当太子。万历皇帝说"好好好"，结果刚跟大臣提出这个想法，就遭到他们的反对，皇帝对此毫无办法。

郑贵妃想：皇上不给我儿子做主，我就自己上吧。于是万历四十三年（1615年），爆发了明朝史上最严重的宫廷案件——梃击案。

当时，一男子手持木棍袭击太子寝宫，幸亏被及时制伏，才没有酿成大祸。事后，歹徒招供说：宫里太监让我走到这座宫殿，见人就打，事成之后不但给我赏金还能接应我出宫。

审讯的官员经过反复审理，案情牵涉郑贵妃，但未进一步追查。此案是否受郑贵妃指使，没有定论。

为了巩固皇族的统治地位，明朝的选秀制度规定，皇后要选老实的，结果造成了严重的"妃强后弱"。皇后的身份，非同小可，她是太子的亲妈啊！皇后一弱，太子必然生活在水深火热之中。

万历朝的太子，后来的明光宗泰昌帝，从小就因为自己的母亲不受宠爱而缺衣少食，既没有受到很好的教育，也没有得到父母的关爱。童年时代，自己的皇帝老子天天跟大臣闹着要废黜自己；稍微大点，还要提防郑贵妃的谋杀，成天心惊胆战，在这样的阴影下成长起来的太子，别说成为千古明君了，指望他当个正常皇帝都是奢望。

果然，泰昌帝刚一登基，郑贵妃便送给他八位美女，皇帝日日寻欢作乐，很快卧病不起，只当了二十九天皇帝便去世了。

泰昌帝在摧残中长大，自己养的儿子也不行，养出一个爱好木工的天启帝。天启帝文化水平很低，对处理国事更是全无兴趣，每天埋头做木工，国家大事都交给大太监魏忠贤处理。天启帝无子，驾崩后，将皇帝的宝座传给了自己的弟弟朱由检，即后来的崇祯皇帝。

明朝后宫，依照惯例，要处处悬挂红灯笼，皇帝选定夜里待在哪位妃子的寝宫，便把红灯摘下，焚烧异香。

　　一次，崇祯皇帝行走于红灯高悬的深宫之中，忽而风起，异香扑鼻。皇帝问道："此何物也？"

　　宫人答："圣驾临幸之所，例焚此香。"

　　崇祯皇帝叹了口气："此皇考、皇兄所以促其天年也！"

　　什么意思呢？崇祯皇帝叹了口气，说：这就是我爸爸和我哥哥活不长的原因啊！

　　从此禁用此香。

Guo Theory

08

谁说只有『红颜』
才能做祸水？

这些年，我说了不少单口相声和评书，其中有一个词一说大家就乐，这个词就是形容姑娘长得好看，叫"又勾勾，又丢丢"，好多人问："这什么意思啊？"这是说相声专用的形容词，大伙一听就乐了。其实正经形容姑娘好看的词有很多：窈窕淑女、倾国倾城、花容月貌、沉鱼落雁……很多，其中有一个很特别的词叫"红颜祸水"，这可不是一般的漂亮，漂亮得过了，都成祸害了。

这是自古就有的说法，说的是美女误国的故事。起初这个词只是用来形容历史上特定的几个女子：烽火戏诸侯的美人褒姒，引得吴三桂"冲冠一怒为红颜"的陈圆圆，让唐玄宗"从此君王不早朝"的杨玉环……后来渐渐被扩大化了。其实现在这个词专门形容美女，是含有一些对女性的偏见的，这个我们暂且不提。那么，能称得上祸水的女子，就非得是红颜吗？列位，还真不是！

有一个"韩寿偷香"的典故，讲的是西晋时期美男子韩寿与权臣贾充之女贾午偷情的故事。史书中记载，韩寿"美姿容"，标准帅哥一枚！韩寿娶了贾午后，在仕途上是平步青云，从贾充手下的司空掾吏一直做到散骑常侍，后来又当上了河南尹。

贾充有两个女儿，小女儿贾午容颜俊美，贾午还有个姐姐，就是大名鼎鼎的丑皇后贾南风。

贾南风，出生于公元256年，大家都说贾南风丑，有多丑呢？《晋书》中司马炎（贾南风的公公）称其"种妒而少子，丑而短黑"，而后又写她"短形青黑色，眉后有疵"。

当然，贾南风丑归丑，出身不一般，其父贾充是晋武帝司马炎的心腹，当年曹髦喊出那句"司马昭之心，路人皆知"的时候，就是贾充带人做掉了曹髦，为司马昭清除了心头大患，从而立下大功，他是西晋的开国元勋，是司马家族的忠心拥护者。

泰始七年（271年），当时因官场政治斗争，贾充被任命去长安镇守，他感到十分忧虑。为了留京，有人给出主意，让他和太子结亲。这位太子我们也很熟悉，就是曾说过"何不食肉糜"的懦弱无能的晋惠帝。

此话出自《晋书·惠帝纪》："及天下荒乱，百姓饿死，帝曰：'何不食肉糜？'其蒙蔽皆此类也。"就是说，有一年发生了饥荒，百姓没有粮食吃，被活活饿死。消息传到宫中，晋惠帝听完大臣的奏报，大为不解，就问了："百姓肚子饿没米饭吃，为什么不吃肉粥呢？"连史官都在这里吐槽了他一句：他的昏聩痴顽都是这种样子的。

言归正传，贾充想与太子结亲，于是十二岁的贾午就成了太子妃候选人。

可是，当时的贾午才十二岁，个子太小，还没发育，连太子妃的衣服都撑不起来，于是她老妈郭槐做主，让姐姐贾南风代替妹妹出嫁。

据说贾南风的老妈郭槐，以心狠手辣、爱妒忌出名，害死过多条人命。在生下贾南风、贾午后，郭槐又生下了长子贾黎民。有一次贾充正在逗弄在乳母怀中的贾黎民时，被郭槐看见了，郭槐就怀疑贾充跟乳母俩人有私情，就找了个由头把乳母打死了，结果小黎民因为跟这位乳母已经处出了感情，最后竟因过度思念乳母而夭折了，年仅三岁。

好不容易得来的儿子就这么去世了，这让郭槐大受打击，好在不久之后，她再度怀孕，又生下了一个儿子。这个儿子刚满一岁就夭折了，原因是郭槐再一次怀疑乳母跟贾充有染，又把乳母给杀了，结果小儿子也因为思念乳母，死了。

在他家当奶妈也真是个高危职业啊。

从此贾充夫妻便再也没有生育，最后只能以小女儿贾午与女婿韩寿所生之子贾谧为后嗣。郭槐这种畸形性格毫无保留地传给了贾南风，贾南风更是"青出于蓝而胜于蓝"，高标准严要求，将其母遗传的性格发扬光大。

郭槐暗中用重金贿赂杨皇后和皇帝身边的近侍大臣后，黑不溜秋的贾南风被邀进宫，在泰始八年（272年），当上了太子妃。

晋武帝司马炎心中明白，这是上当受骗了，但是人都送来了，不能不认账，也没法退货，就硬着头皮认了这个丑儿媳妇。

贾南风不光丑，还残暴、善妒、冷血，可以说是承包了天下女子的缺陷。但是政治联姻，在宫廷这么一个充满潜规则的地方，司空见惯。反正太子司马衷本身也不是什么高大全的人物，司马衷最大的特点两个字就能概括：弱智！这不是诋毁，毕竟事实明摆着，前面我们已经说过"何不食肉糜"的故事了，这是《晋书》上记载的真事，可不是杜撰出来的。

除此之外还有司马衷的其他逸事。有一次他在华林园里游玩，听到青蛙呱呱的叫声，就对侍从们说："这呱呱叫唤的东西是为官家叫的还是私家叫的？"侍从们面面相觑，最后只好说："这叫唤的东西在官家地就是为官家叫的，在私家地就是为私家叫的。"

贾南风在摸清老公弱智的本性后，就开始立"家规"了：不许搞外遇！《晋书》中就有记载："妃性酷虐，尝手杀数人。或以戟掷孕妾，子随刃堕地。"什么意思呢？要是哪个妃子怀了孩子，贾南风绝不放过，用戟打怀孕的妃子，打到人家流产。晋武帝听说后大怒，便将她囚禁在金墉城，并准备下诏予以废黜，亏得充华赵粲、大臣杨珧与荀勖苦苦求情，此事才算作罢。

所谓好事不出门，坏事传千里，有关太子弱智、无能，外加怕老婆的舆论不断，西晋一绝！这下太子的老爸司马炎坐不住了，司马炎是个聪明人，史书上说他"明达善谋，能断大事，故得抚宁万国，绥静四方"，他心里明白，太子资质愚钝，难当大任，便想出套考题，借机废了他。

很快，一套难易结合，涉及天文、地理各个学科代表性问题的试卷，就呈现在了太子司马衷的面前。

贾南风看见后，知道她老公一定答不上来，智力还没开发呢，他能写什么题啊？太子身边有一个学霸站出来了，说："我来写。"刚要写，贾南风一把拽回来了，贾南风多聪明啊，太子这些年不学无术、缺心眼，他爸爸能不知道吗？这哪儿行啊，容易被人看出来，换人！结果又来了一个奸臣，说常识性的问题我来写，贾南风就让他写了。

三天后，测试完毕。司马炎随便看了一眼，说这儿子又在装傻，这点常识能当皇上吗？就明白儿子身边又有人在给他出谋划策，但他看司马衷的儿子司马遹不错，司马遹是司马衷的才人谢玖所生，这孩子聪慧可爱，是司马炎的掌上明珠。虽然儿子愚钝，但是孙子资质极佳，司马炎决定，看在孙子的分儿上，就让司马衷在中间缓冲一下吧，废太子一事也就作罢了。结果这一缓冲，事大了。

太熙元年（290年），司马炎驾崩，司马衷和贾南风夫妻二人双双改头换面，成了皇帝和皇后。司马炎知道儿子弱智，便在自己咽气之前，封自己的岳父大人杨骏为太傅、大都督，辅佐司马衷。但是司马炎怎么也不会想到，在自己傻儿子的领导下，包藏祸心的皇后、大臣、藩王之间为争夺朝廷大权展开了一场足以灭国的世纪大乱。

杨骏的侄女杨艳、女儿杨芷，先后都嫁给了晋武帝司马炎，而且都做过皇后。有这层特殊的关系，杨骏自然深得司马炎信任，司马炎将傻儿子司马衷交给他的姥爷照看，也很正常。但是身为皇后的贾南风不高兴了，她自己还想控制司马衷，控制朝政呢。

贾南风采取的手段有这么几条。

第一步：挑拨离间。

晋武帝死后，她挑唆诸王与托孤大臣、太傅杨骏之间的关系，借助汝南王司马亮和楚王司马玮之手诛灭了杨骏全家，这里头包括曾对她有救命之恩的太后杨芷和卫将军杨珧。这可真够心狠手辣、残酷无情的。

第二步：卸磨杀驴。

在除掉杨骏一党三个月后，贾南风以晋惠帝诏令为名，密令楚王司马玮杀死了心腹大患司马亮、卫瓘两名辅政大臣，随即翻脸不认人，用计陷害，诛杀了司马玮。

不到一年，贾南风便铲除了三位辅政大臣和一位亲王，彻底压制住了王公大臣，由此得以揽权专政、广植党羽，成了晋朝头号实权人物。当然，如果我们再细琢磨一下，就会发现杨骏、司马亮、卫瓘、司马玮等人能够被贾南风玩弄于股掌之上，与他们自身的贪婪是分不开的，这几位大臣都有把持朝政的野心，希望自己的势力范围进一步扩大，因此才被贾南风抓住了弱点，轻松击破。

前面我们说过了，司马炎虽然不情愿将江山交到傻儿子手里，但十分钟爱孙子司马遹，为了让司马遹当上太子，才没有废掉司马衷。司马遹天性聪慧，乖巧可疼。他五岁那年，有一天宫里着了大火，晋武帝司马炎站在高处看宫人往来救火，司马遹就上前拽着爷爷的衣襟，将他拉到了暗处。司马炎问他，这是要干什么？司马遹回答说，夜晚宫中火光冲天，宫人仓促慌乱，为了预防有坏人趁火打劫、制造变故，不能让火光照到天子的脸。晋武帝司马炎大吃一惊，没有想到孙子如此聪明懂事，从此便对这个孙子刮目相看。

司马炎还曾带着司马遹参观皇家猪圈。司马遹说："这些猪都长得这么肥了，为什么还留在这里浪费粮食，不杀了犒劳将士们呢？"司马炎一听非常高兴，马上下令杀猪吃肉。

司马炎能够接受司马衷当太子，很大程度上是因为司马遹这个孙子聪明绝顶。他曾对人说：在孙子司马遹身上看到了宣帝司马懿的遗风，这个孩子一定会兴盛司马一族。

但是司马遹并非贾南风亲生，她下决心要把司马遹给做掉！太子真要没了，后面得有一个接班人啊，贾南风自己没有儿子，但这难不住她，她拿个枕头藏在肚子里，宣称自己怀孕了。等九个月后，再把妹妹贾午的儿子抱过来，说这就是自己生下的大胖儿子。　、

要是现在电视剧上这么演，老百姓看了都得骂街，可是贾南风就敢这么玩。

皇帝司马衷愚笨，容易糊弄，宫中的太医们自然明白是怎么回事，但谁也不敢多嘴，贾南风在太医院也有党羽——贾南风生性荒淫，与太医令程据私通，两人关系自然非同一般。

接班人已经准备好了，接下来只要想办法废掉司马遹就可以了。但是司马遹聪明啊，当年司马炎曾说在司马遹身上看到了宣帝司马懿的影子，并将司马遹按照接班人的高级规格来培养。但一个孩子长大后品性如何，那还得看他自己的发展，看他的成长环境。贾南风决定从司马遹的成长环境入手，你天赋好，但我可以毁了你的后天努力啊！于是贾南风专门找了一帮地痞流氓，让他们去跟司马遹交朋友，这群狐朋狗友带着司马遹天天鬼混，好事不教，专教坏事。

十三四岁正是孩子长知识、学做人的时期，贾南风弄了帮流氓，让他们天天带着司马遹玩，这孩子能学好才怪！司马遹很会玩，在宫中弄了个菜市场，学卖肉，他姥爷家本是杀羊的屠户，可能司马遹继承了姥爷的基因，一块

肉在手里一放，他就知道几斤几两，比电子秤还准。日子长了，光卖肉满足不了太子，他又开始贩卖葵菜、蓝菜、鸡鸭、面粉等物品，从中牟取利润。生意越做越大，名声越来越臭，司马遹开始亲小人，远贤臣，渐渐往流氓那个方向发展。

这正是贾南风想看到的，但如果这样就想废掉太子，显然是不可能的，贾南风还得给他加把火。

最后一步就是陷害太子了。有一天，贾南风以皇帝身体不适为理由，将太子骗进宫，令宫人将司马遹灌醉，然后拿出笔墨纸砚，让他抄写一份文件。太子醉眼迷离，根本辨认不出文件上写了什么，照猫画虎抄写完毕，倒头便睡，文件被他抄得歪瓜裂枣，一般人看不懂。

贾后就找来了一个很有才的人，让他把司马遹抄写的文件改几笔，反正能让人看懂就行，这个人叫潘岳，他还有个众所周知的名字——潘安。

之所以说这份文件害死了司马遹，是因为这份文件的内容惊天动地，其中有句话是这样写的："陛下宜自了。不自了，吾当入了之。中宫又宜速自了。不了，吾当手了之。"这句话放在任何年代都是大逆不道的，司马衷虽然傻，但还是看懂了这份文件，这一气非同小可，立马就要处分司马遹。

贾南风觉得夜长梦多，想赶紧杀死司马遹了事，但是有几个大臣不同意，表示整个事件疑点太多，要求彻查此事，态度相当强硬。贾南风没办法只得让步，表示太子死罪可免，活罪难逃，便将其关在了当时许昌行宫内。

幽禁了太子，贾南风还是不放心。公元300年，贾南风就让狗腿子孙虑去许昌杀死司马遹，免除后患。

除了为人残暴冷血，贾南风的风月事也不少。

贾南风不准司马衷有情妇，她自己却大面积撒网。根据《晋书》及《资治通鉴》记载，贾后除了擅权嫉妒暴虐，还非常淫乱，她与太医令程据私通，为惠帝司马衷戴上了绿帽子。谁说长得丑不会红杏出墙啊？她还经常派人到处寻找年轻的小帅哥，把这些"小鲜肉"绑架，送到自己的秘密住所，供自己玩乐，完事后加以虐杀。曾有一个小吏，因容颜俊美而免于被杀，但因他突然开始穿着华贵的衣服，众人都怀疑这名小吏犯了偷窃之罪，将他带去衙门审问，小吏为了证明自己的清白，便说出自己的一段奇遇：他在街上遇到一位老妇人，老妇人说家中有病人，只有他去才可医治。然后将他送到一个秘密处所，给他沐浴更衣，有一个三十五六岁的妇人进来，两人欢好数日，妇人送了他这些衣物。众人听小吏讲完，都明白了这女子就是皇后贾南风，便讪笑着离去了。

这个女人搞出的一系列乌烟瘴气的事件，都是被司马家的人看在眼里的。自打司马遹遇害后，朝野上下愤恨不已，贾后自然成为众矢之的。此时的司马伦早蓄不臣之心，见"反天"的时机已到，便联合异母兄弟司马肜、侄孙司马冏发动政变，矫诏收捕，废黜贾后，并捕杀了众多的贾后党羽。

不久，司马伦又矫诏以金屑酒毒杀贾后，一代"蛇蝎丑女"皇后就此落幕。

09

武则天的皇帝老公李治：
窝囊这黑锅，我不背！

今天咱们聊聊唐朝一位总被"抢头条"的皇上，唐高宗李治。每次看到李治都有点想笑，这位皇上混得有点惨。

怎么说呢？唐高宗李治的爸爸是唐太宗，千古一帝，文韬武略，非常出色。李治的老婆又是中国历史上唯一的女皇帝武则天。他被两个话题度超高的皇帝夹在中间，显得好像不那么出色，大家都不重视他，甚至还有很多人觉得唐高宗李治"昏庸""懦弱"。

这还不算完，古代重男轻女，所以武则天当皇帝后，把李唐改为武周，遭到很多古代史官的抨击。这些史官骂武则天还不忘连带骂一句唐高宗李治："你看看，是谁非要立武则天为后的？是谁让武则天有机可乘的？都怪李治！"

所以说，李治挺冤的——夸他爸爸和他老婆的政绩的时候，他一点光也没沾到；骂他老婆的时候，他还要背黑锅。一直到今天，影视剧中出现的武则天永远是一代女皇，英姿飒爽，气宇轩昂，而她的丈夫李治却总被塑造成任人摆布的窝囊小男人。

实际上，唐高宗李治在位时期虽然不搞大刀阔斧的改革，但是他对内发展经济、休养生息，对外东征西战，古代由汉族统治的所有朝代里，国土面积的巅峰就是在唐高宗时期达到的。李治并不是电视剧里塑造的那种窝囊、无能的男人。

李治的政治生涯是从被唐太宗立为太子开始的。唐太宗的长孙皇后生了三个儿子，皇长子李承乾，皇四子李泰，皇九子李治。

三个儿子各有特点。李承乾是嫡长子，八岁就被立为太子，虽然性格顽劣骄纵，还因为男宠的事情和爸爸李世民闹翻，但是唐太宗李世民很长一段时间都非常坚定地把他往继承人的方向培养。

皇四子李泰从小聪明伶俐，很有才华，写得一手好字，文章也作得漂亮。他可以说是最得唐太宗宠爱的儿子，唐太宗每次出去巡游都要将李泰带在身边，一天见不到他都想得不行，要派自己养的白鹘去给儿子送信，有时一天之内，送信的鸟儿要在唐太宗的宫殿和李泰的宫殿之间来来回回飞好几次。

史书还记载说李泰是个大胖子，"腰腹洪大"，腰很粗。唐太宗看到圆滚滚的儿子很愁，不是愁他身材不好影响健康，而是愁儿子这个体重，"走路上朝会很辛苦吧"！

于是唐太宗特地准许李泰乘坐轿子上朝，这属于逾越礼制的疼爱了。

李治相比两个哥哥，性格宽厚，待人谦和，但是有点循规蹈矩，是个本本分分、老老实实的孩子，不懂得做特意争取父皇宠爱的事情。

按道理来说，太子的位置是无论如何也轮不到李治的。但是世事难料，由于唐太宗李世民过度宠爱李泰，导致他对李承乾的太子之位动起了小心思。李承乾一看，这还得了？我总是惹父皇生气，李泰总是去讨好他，李泰要跟我争太子之位，那我没希望了！于是一不做，二不休，开始密谋造反。

李承乾原本打算派人跟唐太宗说自己病了，让唐太宗来看望自己，然后让亲信埋伏好，借机逼迫唐太宗退位。但是计划还没开始实施呢，李承乾的一个亲信就把这个计划供出去了。

唐太宗非常生气。"兄弟阋于墙"一直是李世民的一个心病，因为他自己的皇位就是玄武门之变得来的。当时还是秦王的李世民与太子李建成明争暗斗，最后李世民搏命一击，在玄武门杀死了自己的兄长皇太子李建成和四弟齐王李元吉，并逼迫唐高祖李渊立自己为新任皇太子，继承皇位，是为唐太宗。唐太宗因为这些事情做了不少噩梦。所以他看到兄弟相争，心一凉，把太子李承乾贬谪为庶人，流放到了黔州。

李承乾被流放了，李世民只能在李泰和李治两个嫡子中选拔继承人。李泰听说太子被废，很开心，第一时间跑去跟李世民撒娇，说："父皇，我跟李承乾可不一样，我很爱护兄弟。我如果当了皇帝，临死前就把自己的儿子杀了，然后传位给弟弟李治。"唐太宗乍一听很高兴，但是越想越觉得脊背发凉，杀子传位于兄弟，实在有悖于人伦常理，唐太宗觉得李泰这个儿子心思太多了。李泰这个马屁不但没拍好，可以说是拍到了马腿上。

与此同时，李治这几天也魂不守舍，唐太宗就来问他："怎么回事啊？"李治唯唯诺诺不敢回答。唐太宗命他有话直说，李治犹豫再三，才跟父皇吐露了实情。原来，李治和参与李承乾谋反的一位皇叔关系很好，李泰就用这件事恐吓李治，说如果他不退出储君之争，就把他跟乱臣贼子来往密切的事情告诉父皇！

　　李治吞吞吐吐地把受到威胁的事告诉了唐太宗，唐太宗一听，前心都凉到后背了，回去思考了半天，想通了，他对大臣们说："泰立，承乾、晋王皆不存；晋王立，泰共承乾可无恙也。"就是说，我要是立李泰为太子，李承乾和李治都得被弄死，反过来我立李治为储君，他会让两个兄弟安然无恙的。

　　可见，李治在储君之争中置身事外，用自身"宽厚""仁爱"的特点示人，是非常明智的选择。

　　为了让李治坐稳太子的宝座，唐太宗也是煞费心机，他明明心里早就盘算好了让李治接班，还故意跑到朝堂上问："诸位爱卿觉得谁当太子合适啊？"

　　大臣们一看，皇上内心戏这么多呢？也都很配合，齐声称赞李治！就立李治！他最仁孝，最适合当储君！唐太宗这才立储。

　　当时很多权臣，比如赵国公——唐太宗的大舅子长孙无忌，心里就很乐意看到李治当太子继承皇位，因为大臣们觉得李治是个软柿子，很好摆布。所以折腾了一大圈，十六岁的李治在千呼万唤中，当上了太子，两个哥哥鹬蚌相争，他捡了个大便宜。

　　李治当上太子以后，唐太宗立即开始了继承人培养计划，他"尝令太子居寝殿之侧"，以便朝夕相处，随时亲自教诲。儿子啊，你就住我卧室旁边，父皇好好教你。

　　唐太宗为了教育李治，可以说是操碎了心，史书记载唐太宗"遇物必有诲谕"。例如，这边李治刚刚端起饭碗，那边唐太宗就对他唠叨"稼穑艰难"的道理，为了"常有其饭"，就要"不夺其时"，所以我们要重视农业！

　　唐太宗处理朝政时，就让李治跟着学，每下一道谕旨，就问李治："你觉得这道谕旨下得合不合适？为什么合适？要是你怎么做？"可谓倾囊相授。

后来唐太宗亲征高句丽，李治监国，操持国事已经非常熟练。再后来唐太宗病重去世，二十二岁的李治正式登基，成了后来的唐高宗。

唐高宗继位之后，非常勤奋。他爸爸唐太宗三天一上朝，他呢，每天都上朝，他认为："我这么年轻就登基继位了，我每天都要很勤奋，要不然真害怕耽误政务！"

过了一年多，宰相跟唐高宗汇报说："天下没那么多事！很平安！"唐高宗才改成了隔一天上一次朝。

唐高宗李治有几项重要的政绩。

首先，唐高宗在位时期经济建设还不错。人口显著增长，物产丰盈，老百姓比较幸福。为什么呢？因为粮食便宜，老百姓应该是比较幸福的。

为什么唐高宗时期农业经济发展得好呢？主要原因是他坚持实施均田制，就是国家把无主的田地分配给农民耕种，每家每户分多少田地，完全按照人口计算，农民有使用权。

唐朝初年，北方省份还没有从南北朝隋唐的战乱中恢复元气，许多农民都逃难了，大量土地荒芜，有田无人耕。唐高宗推广均田制，肯定了土地的所有权和占有权，减少了田产纠纷，有利于无主荒田的开垦，对农业生产的恢复和发展起了极大的积极作用。

其次，在文治方面，唐高宗完善了科举制度。唐高宗执政以前，虽然也实行科举制度，但是每年录取的人数都很少，朝廷选拔人才还是以士族门阀的举荐为主。

唐初的崇贤馆、弘文馆都是存放图书的，相当于国家图书资料库，唐高宗登基之后大手一挥：都给我改成学校！

他增加了很多官方教职人员，扩大了招生规模。唐高宗在位时，平均每年朝廷录取的进士总人数比唐太宗年间多了一倍。而且他对进士的录取标准非常严格，唐朝有句俗语说"三十老明经，五十少进士"。这句话的意思是：三十岁考上明经科算是晚的，但是五十岁考上进士科算年龄小的，很了不起！明经科和进士科是科举考试中两个不同的类型：明经科简单一点，主要考儒家经典；进士科难度很大，不仅要考时政策论还要考诗词歌赋，所以五十岁考上都算年龄小的，好多人应试了一辈子都没考上。

有一年科举，史官董思恭泄露了进士科的考题，唐高宗大怒，立即把泄题的官吏除名流放。唐高宗还开创了"殿前试人"的新政策，皇帝亲自选拔人才，给朝廷输送新鲜血液。唐高宗虽然是第一个这么做的，但是他不是每年科举都亲自选拔，可能什么时候有空了，心情比较好，才见一见今年考上来的学生。殿试真正成为一项制度，是在他老婆武则天执政时期。作为创立者的唐高宗没能因为这项措施被人铭记，算是吃了点小亏。

最后，朝廷有了人才，经济又发展得好，唐高宗就张罗着开疆拓土。自古明君离不开良将，智勇双全的将领是打胜仗的关键。唐高宗运气不错，麾下有好几位名满天下的良将。其中名头最响的是有"将军三箭定天山""白虎星君下凡"之美称的传奇将领薛仁贵！（大家注意！不是王宝钏她老公薛平贵！）

薛仁贵崭露头角是在唐太宗时期。老薛家住在山西河津附近，世代务农为生。薛仁贵家里一直很穷，眼看到了三十岁也没有起色。薛仁贵就跟老婆商量："咱们家这么穷，可能是因为我爸在隋朝战乱中客死他乡，没有埋进家里祖坟的原因，我打算把祖坟迁移，换个风水可能就时来运转了。"

他老婆不同意，对他说："能成功的人才不是因为风水，是因为他们善于抓住机会。你看看你，傻大个儿，吃得多，正好可以去报名参军跟着太宗皇帝亲征高句丽，成为一员猛将，等你衣锦还乡了，再迁祖坟也不迟。"

薛夫人虽然只是一名农妇，但着实有些见识，讲话令人佩服，她的建议为丈夫薛仁贵指明了一条康庄大道。

放下薛仁贵两口子不提，咱们说说为什么唐太宗要攻打高句丽。高句丽、新罗和百济这三个小国家自西汉以来就并存于朝鲜半岛上。三者互相牵制，就像是朝鲜半岛上的三国，经历了漫长的岁月，高句丽成了半岛的老大。这个小小的高句丽一得势就趁乱介入中原内战，阻止中原统一。隋朝时就暗中支持南陈，隋文帝、隋炀帝对它恨得牙痒痒。

到唐太宗李世民时期，朝鲜半岛的小国家新罗制定了亲唐的政策，跑来跟大唐示好，年年遣使朝贡，与大唐关系亲密。霸道的高句丽看了很不高兴，派兵攻打新罗，阻止新罗向唐朝朝贡，唐太宗多次发声谴责，高句丽都视若无睹。李世民气炸了，终于亲征朝鲜半岛，打算把高句丽打到服气。

亲征高句丽的时候，有一回唐太宗在高处观战，看见唐军阵营中冲出一位士兵，穿了一身白衣白甲，骁勇非常。他手持方天戟，腰挎两张弓，嗷嗷大叫冲锋陷阵，所到之处高句丽军队纷纷闪躲避让。这白袍猛士不是别人，正是一心想立奇功的薛仁贵。

大战过后，唐太宗特意召见薛仁贵，赏赐给他宝马、布匹、奴隶，还给他升了官。由于天气寒冷，后勤系统出现了不少问题，粮草不继，导致这次御驾亲征没能成功，唐太宗打到一半就从朝鲜半岛班师回朝。回来之后，唐太宗派薛仁贵镇守玄武门，并且特意鼓励他说："朕这次亲征，最高兴的不是收复辽东，而是发现了你这个虎将！"

薛仁贵虽然很感动，但是镇守玄武门这个工作他内心是拒绝的，因为守门并不能发挥自己的才干。守了好几年城门，薛仁贵终于守到了真正让他名扬三军的皇帝——唐高宗。

唐高宗是怎么注意到守门的薛仁贵的呢？公元 654 年，长安突降暴雨，洪水淹到了玄武门。守门的将士无不抱头鼠窜、四散逃命，薛仁贵从玄武门远眺当时唐高宗居住的万年宫，一看，可了不得了，山洪暴雨仿佛脱缰野马，裹挟着溺死的长安城的百姓的尸体，直冲宫殿。

眼看皇帝就要命丧洪水之中，薛仁贵心急如焚，也是急中生智，他忽然想到一个救驾的好办法。薛仁贵冒死爬上了玄武门的横梁，大声呼喊，通报唐高宗："皇上，洪水马上要淹上来了，您赶紧移驾高处吧！"唐高宗也是命大，听到了薛仁贵在宫外的呼喊，赶紧避难。

这次山洪导致王宫内外三千多侍卫、居民丧生，如果不是薛仁贵，唐高宗可能也凶多吉少，唐朝的历史可能也要改写了。

这一次救驾，让唐高宗对薛仁贵有了深刻的印象。过了几年，西域突厥发生叛乱，唐高宗一下就想到了薛仁贵："守城门的老薛好像还可以，让他出去打打仗发挥一下才能吧！"

　　人们老说，没有机遇，才华就一文不值。

　　薛仁贵的军事生涯从此开始。他参与的战役很多，如果单独说开去，那是另一段慷慨激昂的传奇故事，这里只挑最有代表性的几条给大家简单说说。薛仁贵善于射箭。平定九姓突厥叛乱时有句诗形容他，叫"将军三箭定天山"。

　　打突厥之前，唐高宗宴请将士，酒酣之时，唐高宗邀请薛仁贵表演射箭，薛仁贵一拉弦，弓箭"嗖"的一声射穿了五层铠甲。唐高宗一看，又惊讶又欣喜，赶紧送了一套更好的战甲给薛仁贵。

　　大军开到西域，突厥军队听说薛仁贵勇猛善战，就预先选择了十几名勇士，到阵前挑衅："薛仁贵！你有能耐来单挑啊！"薛仁贵听了，不愠不怒，只拿出三支箭，依次射出，突厥那三名叫阵的勇士应声而倒。其他几个一起叫阵的突厥人惊呆了，赶紧下马投降，求薛仁贵开恩饶命。这三箭让突厥士气大减，唐军长驱直入。薛仁贵的神勇也被编成了歌谣，传唱三军："将军三箭定天山，壮士长歌入汉关。"

　　薛仁贵还有个标志性的装束：白衣白袍。可能是因为成名之战穿的是白色，薛仁贵觉得白色战袍能带来好运气吧。公元 666 年，高句丽内乱，唐高宗一看，天赐良机，又派薛仁贵征战高句丽。意气风发的薛仁贵身着一袭白袍，身先士卒，张弓搭箭，杀敌万余，有如天神下凡一般。在薛仁贵的鼓舞下，军队士气大振，一路高奏凯歌。

　　大将薛仁贵这一生战功赫赫。先是平定了突厥叛乱，让唐高宗趁势把葱岭（今帕米尔高原地区）一带、中亚腹地纳入大唐帝国的版图，唐高宗执政时期，大唐的疆域最为广阔。然后，薛仁贵又率部攻下高句丽都城平壤，设立安东都护府，这个机构基本就相当于"大唐驻平壤司令部"吧，国家势力范围进一步扩大。

当然，薛仁贵也打过败仗，也曾因为屠杀俘虏、治军不严被弹劾，但是唐高宗始终都很信任他，毕竟是有救驾之功的老臣，即使暂时把他贬谪流放，过不久又以"将才难得"的理由召回重用。薛仁贵也不负唐高宗的信任，年过花甲仍能西征突厥，银袍老将豪迈一笑，敌军发现是薛仁贵，纷纷大惊失色，下马求饶。

永淳二年（683年），薛仁贵逝世，唐高宗非常伤感，追封他为左骁卫大将军，并且特地安排大唐官府提供马车侍卫护送他的灵柩返回家乡，圆薛仁贵衣锦还乡的愿望。

时势造英雄，乐意开疆拓土的皇帝碰上了能征善战的大将，唐高宗和薛仁贵这一对明君良将可以说是互相成全。总之，唐高宗李治登基之后，政绩可圈可点。在他的统治下，经济蓬勃发展，领土扩大，贤臣广聚，可见李治并不像史书上说的"昏庸""懦弱"。当然，李治和武则天，那又是另一段故事了。

郭 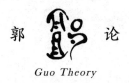 论

Guo Theory

10

李治和武则天：
皇帝和小后妈的恩怨情仇

我们在上一章节里聊了唐高宗李治如何在储君之争中胜过哥哥们，当上太子的；也说了他登基之后的种种政绩，以及任用大将薛仁贵开疆拓土的传奇经历。今天，我们继续说李治和武则天的故事。

封建时代的史官都觉得女人掌握权力很荒唐，对武则天有很大的不满，这份不满经常被转嫁到唐高宗头上，历代史官都对李治口诛笔伐，指责唐高宗沉迷美色，不顾朝廷重臣的反对，立武则天为后，等李治一死，武则天转身就登基还把国号改了。这都是因为李治昏庸，轻易让武后干政，否则哪有后来的麻烦事。这么说的人不少，还有好多人觉得这个说法有道理。

天下的事，最怕细琢磨，您仔细想一想，李治立武则天为后，哪是那么简单的事情？也不可能是一时糊涂，每一个帝王君主都明白。

因为立后不像普通老百姓家娶个媳妇，过得了就过，过不了就离婚。帝王立后不仅仅是自己的家事，更是天下事，关系到每个权力集团的利益。唐高宗当然也不例外。他立武则天为后，不单是出于对武氏的宠爱，关键是借废立皇后的机会，重新平衡君权和相权。

　　说到相权，我们要先说说唐太宗和唐高宗两朝的股肱之臣：宰相长孙无忌。长孙无忌是洛阳人，在凌烟阁二十四功臣中排名第一。长孙无忌的妹妹嫁给唐太宗李世民做了皇后，长孙无忌也为唐太宗掌权、治国立下了汗马功劳，深得唐太宗信赖。唐朝推行三省六部制度，这套制度创立于隋朝，完善于唐朝。三省包括中书省、门下省、尚书省，分别负责政策的制定、审核和执行。长孙无忌权力最大时，兼任太尉和中书令，知门下、尚书二省事。因此，唐初的三省制度里，总共三个省全归长孙无忌直接或者间接管理。互相牵制？根本没有的事。

　　李治当皇子的时候，长孙无忌天天在唐太宗面前说他的好话，什么"素有仁德"，勤奋努力又孝顺，来支持李治上位，其实就是看中这孩子胆小老实，看起来好控制。长孙丞相万万没想到，李治登基成了唐高宗之后，反过来开始对付舅舅了。

　　唐高宗这个人性格确实不算特别强势，但是该有的心眼一点不少。李治刚登基，二十二岁，是很仰仗舅舅长孙无忌的。爸爸唐太宗刚死的时候，李治曾经抱着长孙无忌的脖子号啕大哭，倾诉丧父之痛。长孙无忌很心疼他，鼓励说："你爸爸把江山社稷都交给你了，你这个孩子怎么能只知道哭呢？！要肩负起他的期望！"

　　这一阶段君臣俩或者说甥舅俩的关系可以说是亲密无间。唐高宗借长孙无忌巩固统治，把唐高祖的庶长子、唐太宗的庶长子清洗得一干二净，玩得好一招借刀杀人！这哪里还是当年唯唯诺诺的样子。

　　一转眼，唐高宗当皇帝也当了十多年，业务逐渐熟练，渐渐不满意长孙无忌权力过盛。这个不满主要集中在两点：第一，朝廷里全是长孙无忌的人，上朝的时候，长孙无忌如果有事情不想让唐高宗知道，只要轻轻咳嗽一声，下面的群臣便立刻鸦雀无声。一来二去，唐高宗很愤怒，发火道："我爸爸唐太宗当朝的时候，大家上朝发言不是很踊跃吗？怎么轮到我就没人说话了?！"长孙无忌对朝廷的控制能力比皇帝本人还强，这是唐高宗的第一个不满。

第二，长孙无忌干预王储的继承问题。他不但非常支持没有子嗣的王皇后，还总劝唐高宗立大儿子李忠为太子，这个李忠是宫女生的啊，唐高宗是个聪明人，一听就明白，这等于是自己的后宫皇后竟然和宰相联合起来玩弄权术，扮猪吃老虎。这是唐高宗的第二个不满。

但是唐高宗再不满，再不乐意，也没法跟朝廷里的大臣倾诉，因为文武百官要不就是长孙无忌的心腹，要不就是不敢发表意见的中立派。然而天无绝人之路，愤怒的唐高宗在后宫中找到了一个机灵聪慧、胆大心细的政治伙伴，就是之后的一代女皇武则天。

当时武则天还不是女皇，我们暂且把她称为武氏。武氏十四岁被唐太宗选入宫中，立为才人，唐太宗宠爱徐婕妤那样富有才情的妃嫔，对武才人不大重视。贞观二十三年（649年），李世民生病，李治去照顾生病的唐太宗，"见才人武氏而悦之"，两人相识于唐太宗的病榻前，本来李治是去照顾爸爸的，结果喜欢上爸爸的嫔妾了。

后世很多野史小说里写过李治和武则天两人这段感情，评书里也写了两人相识的细节：李治当太子时给爸爸李世民煎药，武才人端着一盆水，侍奉他洗手，李治洗完手把水弹在武氏脸上，有调戏之意。武才人微微一笑，说："未曾锦帐风云会，先沐金盆雨露恩。"

两人一拍即合。但是仅仅"悦之"可不行，还没悦出结果，唐太宗就死了，武氏作为后宫妃嫔，按唐朝的规定被送到感业寺做尼姑。武氏不甘愿年纪轻轻就青灯古佛守寡一辈子，她左等右等，终于等到唐太宗一周年忌日，唐高宗李治特意借给爸爸行香的机会，来到武氏所在的感业寺。两人终于再次相见，执手相望泪眼，倾诉相思之苦。

唐高宗从感业寺回宫之后就闷闷不乐，王皇后就跑到跟前问："皇上您怎么啦？"

唐高宗回答："我在寺庙里碰上武才人了，心里惦记她，但是不知道怎么接她回来。"

王皇后一听，哎？挺高兴的。因为当时唐高宗正宠幸后宫中的萧淑妃，萧淑妃刚生了儿子，对王皇后威胁很大。王皇后想，要是把武氏弄进后宫，让萧淑妃失宠，倒是个好主意。于是就跟唐高宗说："您别操心了，我帮您把人接回来！"

唐高宗就等着这句话，见皇后表了态，非常开心。王皇后先悄悄派人来到感业寺，跟武氏说："你赶紧把头发留长！陛下要见你，光头不好看。"

过了不久，武氏头发长了，王皇后找了个机会，悄悄派人把武氏接回后宫。武氏很有野心，她先仰仗王皇后的支持，在后宫爬到了"一人之下，万人之上"的位置，然后在唐高宗李治面前展现了自己出类拔萃的政治才干。史书记载，武氏"涉猎文史"，经常垂帘听政，甚至会抢在唐高宗之前发表自己的意见。为什么武氏一个后宫女眷，还是偷偷摸摸回来的，敢这么嚣张呢？因为唐高宗非常非常宠爱她，甚至可以说是带有崇敬的一种宠爱。

这和唐高宗的母亲长孙皇后有很大关系。在唐高宗的眼里，长孙皇后不仅是个慈母，而且是一个很有能力的政治家。玄武门之变时，将士们觉得杀兄夺位是十恶不赦的大罪，长孙皇后知道后挺身而出，阵前训话，果然军心大振！所以，幼小的唐高宗看着父亲在母亲的协助之下开创"贞观之治"，心里很歆羡。贤能稳健的长孙皇后在李治九岁的时候就撒手人寰了，幼小的李治饱尝丧母之痛，心里始终很希望能找到一个个性与母亲相仿的女人。

武氏比唐高宗年长，而且个性泼辣。她曾经有过一番"驯烈马"的理论：要驯服性子烈的野马，只需要三样东西，铁鞭、铁锤、匕首。鞭子抽了不听话，就用锤子砸马脑袋，砸了还不听话，就用匕首把马杀死。

武氏这种坚毅、飒爽的性格，令唐高宗仿佛看到了自己少年时期的理想。从武氏身上，他仿佛看见了自己母亲长孙皇后的影子，期待能干的武氏之于自己，就像母亲之于父亲，既是战友又是伉俪，所以越发对武氏恩宠有加。武则天在感业寺时就已经身怀有孕，回宫不久，便诞下皇子李弘。李治专宠武氏，将她册封为二品昭仪。永徽五年（654年），武氏又生下长女安定思公主。

眼看武氏一家独大，王皇后意识到自己犯了前门拒虎、后门进狼的错误。将武则天引入宫中，固然分去了萧淑妃的宠爱，武则天本人却是比萧淑妃强大得多的对手。王皇后不高兴了，一后一妃开始明争暗斗。据《资治通鉴》记载，安定思公主出生一月之际，王皇后来看望，王皇后没有子嗣，对小孩十分怜爱，逗弄了小公主好一会儿。王皇后走后，李治也与武则天一起来看望女儿，两人打开襁褓一看，发现小公主已经死了。李治又惊又痛，问身边的人是怎么回事，身边的人都说："王皇后刚刚来过这里。"武则天于是哭泣着数落王皇后的罪过，李治震怒，说道："王皇后杀了我的女儿！"王皇后无法解释清楚，李治从此有了"废王立武"的打算。

自从发现王皇后联合长孙无忌干预皇储设立以后，李治一直认为王皇后是胳膊肘儿往外拐，对她很是不满。此刻，李治终于决定借废后的由头，把长孙无忌和王皇后这个利益集团彻底清理掉。

废立皇后是件大事，唐高宗李治找来了唐太宗生前给他安排好的三位顾命大臣——国舅爷长孙无忌，中书令（相当于现在的国务院总理）褚遂良，以及唐朝军队大元帅李勣。李治一个一个问他们："跟你们商量一下，现在朕的后宫里王皇后没有孩子，武昭仪有孩子，我想立武氏为后，你们觉得怎么样？"

长孙无忌是个老狐狸，没有发表任何意见："我不说什么了，陛下问问褚遂良，他的意见就是我的意见。"

褚遂良早就跟长孙无忌商量好了，义正词严地把唐高宗骂了一顿："王皇后是你爹让你娶的，你怎么能废她呢？武昭仪是你后妈，你怎么能立她为后呢？"褚遂良厉害了，又是骂武氏是红颜祸水，又是把她比作褒姒、妲己。气得躲在帘子后面的武氏大叫："何不扑杀此獠！"意思是，怎么还不把这个浑蛋拖出去杀了！

唐高宗却没有心急，本来就是他料见的结果，他召见最后一位顾命大臣李勣，咨询李勣的意见。李勣一直对长孙无忌不满，因此回答唐高宗："立后是陛下您的家事，您何必问别人呢？"唐高宗琢磨了一下，知道有戏，很高兴，心中有了主意。

唐高宗把废立皇后这件事作为一个切入点，借此机会挑明了跟长孙无忌的冲突，提拔了一批支持立武氏为后的大臣，然后依次给这些人分配任务：大家注意一下啊，后宫里的长孙无忌派，由武昭仪负责挑毛病；朝廷里的长孙无忌派，由各位大臣负责挑毛病，大家汇报的时候，理由记得编得好一点！

不久之后，长孙无忌及其心腹先后遭到弹劾，大臣们说他们"谋反"。唐高宗摆出"我不相信"的姿态对各位言官说："你们不要冤枉我舅舅！你们要是真的没搞错，我就只能不顾亲情地处置他了！"

演完戏，唐高宗连申诉的机会都没有留给长孙无忌，就把他流放了。后世史官说唐高宗听信谗言，流放长孙无忌，其实唐高宗又不傻，很多事情是不是有意而为之，值得后世的人仔细思考。

又过了几年，唐高宗生了重病，眼睛不行了，目不能视，他一心相信武后是他最得力的贤内助，这才给了武后批阅奏折、控制朝政的机会。

这个时期，两人逐渐发展成武则天强势、唐高宗拱手相让的"后强帝弱"的关系。史书上记载，这个时期唐高宗每次上朝，武则天都跟在后头垂帘听政。只要下面文武百官说了话，不管是生杀予夺的大事还是鸡毛蒜皮的小事，武则天都得知道，都得发表意见。体弱多病的唐高宗逐渐失去了对武则天的控制，两人并称"二圣"，彻底平起平坐了。

直到这时，唐高宗才发现：糟糕，这个女人要搞事情啊！她跟我贤惠温柔的妈妈不太一样啊！但是两人毕竟做了这么多年的夫妻了，唐高宗很爱武后，也很敬佩她，即使想废后，也只敢偷偷摸摸地找个大臣，立下了废后诏书。谁知道诏书墨迹未干，武后就通过眼线得知此事，立刻风风火火地赶过来，质问李治："你说！你凭什么废我！"

唐高宗一看老婆生气，立马就尿了。本来废后的意志就不坚定，又一直拿年长的武后当半个妈看。武后立即扑倒在唐高宗怀里，眼眶一红，开始动之以情、晓之以理。唐高宗想想，武后跟着自己辛苦当政，功劳还是大于过错的，就指着为他立诏书的大臣，支支吾吾地甩锅说："都是他教我的。"

这样，耳根子软的唐高宗错过了废掉武则天的唯一机会。待到唐高宗去世，武则天终于熬出来了，登上皇位。可见，再有主意的君主，在自己喜欢的女人面前，也难免像个傻乎乎的小男孩一样，这才有了大家今天看到的电视剧里唯唯诺诺的李治和盛气凌人的武则天。

自古以来，过刚者易折，善柔者不败。"柔弱天子"唐高宗李治在一帮雄才大略的文臣武将中周旋，无权无势时韬光养晦，宫廷斗争中借力打力，内能守成，外可开疆。

后世却评价唐高宗"昏懦"，实在有些低估这位天子的实力了。

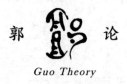

郭 论

Guo Theory

11

御用美男子的诞生：
深宫『面首』二三事

前几天跟几个朋友吃饭聊天。大家讨论起自己吃过的各种面食，这个面那个面的，其中有一个朋友就说了：我说一个面，你们肯定都没吃过。

我问：什么面啊？

他说：面首！吃过吗？

大家都乐了。

"面首"可不是馒头的意思。《辞源》里面有解释：面，貌之美；首，发之美。就是脸长得好看，头发长得也好。那么这个"面首"，指的就是美男子，引申为男妾、男宠。古往今来，不少好看的小哥哥们都做过这份伟大的工作，但是这个词真正出现应该是在南北朝的时候，由南朝刘宋山阴公主刘楚玉发明的。

山阴公主刘楚玉是孝武帝刘骏与皇后王宪嫄的第一个孩子，是废帝刘子业的姐姐，在当时的刘宋王朝，有皇族第一美人之称，以淫乱放荡闻名于世。刘楚玉初封山阴公主，后来下嫁司空何偃之子何戢。大明八年（464年），刘楚玉的父亲孝武帝刘骏去世，其弟太子刘子业即位。

刘楚玉淫乐无度，甚至与弟弟刘子业私通，两人同餐同宿，同辇出游。刘楚玉对刘子业说："我与陛下，虽是男女有别，但都是先帝的骨肉。陛下后宫美女数以万计，而我只有驸马一人。事情不公平，怎么到了如此地步呢?！"刘子业听完觉得颇有道理，于是赐给刘楚玉面首三十人。打这儿起，面首就成了男宠的代名词。

而且，弟弟刘子业还改封姐姐刘楚玉为会稽郡长公主，俸禄与郡王相同，食汤沐邑二千户，拨给乐队一支，加剑班二十人。

当然，也有人宁死也不愿做面首，这个人就是褚渊。褚渊官位不小，南朝宋、齐宰相，太常褚秀之之孙，左仆射褚湛之之子，而且家里世代为官。褚渊后来还娶了宋文帝的女儿南郡公主为妻。

褚渊是当时首屈一指的美男子。山阴公主贪恋其美貌，便奏知皇帝，要求让褚渊服侍自己。刘子业便令褚渊去公主府中服侍十天。但褚渊洁身自好，公主一接近他，他便起身而立，从深夜到清晨，始终不为所动。公主道："君须髯如戟，何无丈夫意？"意思是说：你看你胡须这么茂密坚硬，怎么就没有一点大丈夫的气概呢？褚渊答道："我虽不才，但也不敢做此淫乱之事。"山阴公主一瞧人家不答应，那就拉倒吧，只得将人放走。

有意思的是，褚渊在这十天中，和公主没怎么着，反而与驸马何戢成了好朋友。何戢还变成了褚渊的粉丝，打这儿起，他仪态举止都喜欢模仿褚渊，被时人称为"小褚公"。

当然，找面首这件事也并不是从山阴公主才开始的。向上追溯，战国时代就已经有一位特别有名的"面首"了：秦国太后赵姬的情人嫪毐。

嫪毐是战国末期的秦国人，是秦始皇母亲赵姬的情人，受秦国的丞相吕不韦之托，假装成宦官入宫，入宫之后，跟秦王嬴政的母亲——太后赵姬私通。太后十分喜爱他，封他为长信侯，还生了两个儿子，并且对外称"假父"。

当然这种事情一旦败露，后果很严重。最后，嫪毐死于车裂，五马分尸。

因为秦王嬴政年幼，秦国大权掌握在丞相吕不韦和太后手里。吕不韦因见小秦王年纪渐长，唯恐自己继续与其母赵太后通奸会惹祸上身。为了取悦太后，便将美男子嫪毐招至麾下，令他剪眉除须，扮作太监，以宦官身份入宫服侍太后。

后来，嫪毐获封长信侯，以山阳郡（今河南焦作东北）为食邑，又以河西、太原两郡为其封地。门下最多时有家童数千人，门客也达千余人。不说别的，这几千人每天光吃饭都得吃不少。后来，他的势力越来越大，逐渐发展出了能与吕不韦抗衡的势力，两人关系也迅速恶化。

吕不韦担心嫪毐会威胁到自己的地位，便派人向秦王告发嫪毐与太后私通。太后与嫪毐得知此事，决定趁秦王不在咸阳的时候秘密铲除吕不韦一党。秦王去雍城举行加冠礼时，嫪毐便用秦王与太后的印信引导其童仆门客和军队发动政变，想要诛杀吕不韦。想不到吕不韦树大根深，勾结楚系势力昌平君、昌文君领咸阳士卒与嫪毐争斗，两军战于咸阳。

吕不韦假冒秦王下令："凡有战功的均拜爵厚赏，宦官参战的也拜爵一级。"嫪毐军数百人被杀死，嫪毐也深受重创。嫪毐的军队大败，与党羽仓皇逃亡。

秦王也早已对母亲的这位情人恨之入骨，令谕全国："生擒嫪毐，赏钱百万，献上首级，赏钱五十万。"最后，嫪毒及其党羽被一网打尽，秦王车裂嫪毒，灭其三族。嫪毒的党羽卫尉竭、内史肆、佐弋竭、中大夫令齐等二十人枭首，追随嫪毒的宾客舍人，罪轻者为供役宗庙的取薪者——鬼薪；罪重者四千余户夺爵迁蜀，徙役三年。

当然，也不止嫪毒，类似的也有不少。北魏有个孝文幽皇后，也就是冯皇后也喜欢养男宠。

冯皇后的事也很有意思，她是北魏孝文帝率军南下，临走的时候册封的皇后。这位皇后名不详，野史上说其名为冯润，字妙莲，是北魏孝文帝元宏的第二任皇后。

孝文帝册封完皇后就去打仗了，带兵走到汝南时，孝文帝最小的妹妹彭城公主率童仆乘轻车赶来了，来干什么呢？她是向皇兄告状："您这一走不要紧啊，皇后逼着我嫁给她弟弟冯夙，我不愿意，求您做主，冯夙人品太差了，他是皇后的亲弟弟，关键有一点，皇后她淫乱后宫，我不愿嫁给她的家人。"公主一哭，皇帝吓一跳，问怎么回事。

公主说："您一打仗，率军南下出来，皇后留下可得意了，跟宫中执事高菩萨私通。宫里公开淫乱，上下都知道这事，就是没人敢告诉您。"孝文帝闻言大怒，却又不敢相信，遂暗暗派人查访。不久，宦官刘腾也赶至军中密报，所言与公主吻合。

孝文帝心知不妙，便暗中把皇后身旁侍奉的小黄门苏兴寿抓来审问，苏兴寿对皇后私通一事和盘托出。原来皇后难耐寂寞，趁孝文帝南征，竟与宫中执事高菩萨私通。孝文帝难以接受这样的打击，病情也加重了许多。正月，孝文帝回到洛阳亲审冯皇后。他先将高菩萨、双蒙等人抓起来拷问实情，高菩萨本来是个大夫，皇后养病的时候，跟他勾搭上了。皇帝问出实情后，接着又在含温室传召皇后。皇后十分羞愧，跪在御前，痛哭流涕。孝文帝命她站起来，赐座给她，又命高菩萨把所供认的罪状当她的面陈述一遍。皇后一看也觉得害臊，便把所做的事从实招来了。

到了太和二十三年（499年），身在鄂北战场的孝文帝身染重病，返程途中，弥留之际，留下遗诏："皇后久乖阴德，自绝于天，若不早有所为，恐成汉末故事。吾死之后，赐皇后死，葬以后礼，以掩冯门之大过。"

北魏最有作为的皇帝去世了，年仅三十三岁。临死之前还要安排赐死皇后，让人另外找地儿埋了皇后，别跟他葬到一起。

类似的事情还有很多，包括北魏献文帝和他母亲冯太后，母子之间因为很多事情闹得不愉快。这位冯太后有一个特点，平时衣食住行很节俭，就有一样爱好——好男色。她年轻守寡，不耐孀居。朝廷里有三个美男子，三个官：吏部尚书王睿、南部尚书李冲、宿卫监李奕。这三人长得好看，太后便老与他们商量国事，一聊聊一宿，这三人轮流陪伴她。

这三人都成了太后的男宠，朝里朝外都知道。到最后，献文帝觉得这事不好听，普通老百姓家里出这事，都觉得寒碜，何况他是皇上呢。

而且这三人仰仗着太后做主，不拿皇帝当回事，更引起了献文帝的憎恨。有一天，献文帝的老丈人提醒他留神，说："李奕兄弟拉拢党羽，培植亲信，恐怕会造反，我建议您找人告发他们的不法罪状，将他们一网打尽。而且趁这个机会，让太后收心，逼其归正。"

没多久，便有大臣弹劾李奕的族人——相州刺史李欣贪赃，献文帝便让李欣告发李奕为同谋，意思是你只要说这个，便能免去你自己的死罪。

为了自保平安，李欣整理并揭发了李敷、李奕的二三十条罪状，什么贪污受贿、买官卖官、私纳宫女为妾等，献文帝借机下令，将李奕、李敷兄弟及其党羽全都斩了。

冯太后没来得及救人，营救不成，便怀恨在心。到后来，据《北史·后妃传》载，献文帝诛李奕，"太后不得意"。后来，献文帝又把李欣擢为尚书，参决国政，使冯太后更无法容忍。

延兴六年（476年），献文帝暴崩，时人称献文帝乃是被冯太后毒杀。冯太后被尊为太皇太后，二度临朝称制达十四年。

还有一位，是北齐武成帝的妻子胡太后，她豢养了一个僧侣面首，名唤昙献。

昙献是来自西域一个小国的胡僧，随同进贡的商队来到了洛阳，在相轮寺当了住持，时年二十一岁。

胡太后拜佛时见到昙献，一见钟情，从此两人经常在禅房内私会。太后赏赐了昙献许多金银财宝，甚至把自己丈夫生前用过的胡床都搬到了寺庙。这一段绯闻，正史写得很含蓄："（太后）布金钱于献席下，又挂宝装胡床于献屋壁，武成平生之所御也。"胡床，类似于今天的折叠床。胡太后把金钱铺在昙献的座位下面，又把和先帝握雨携云的镶嵌珠宝的胡床搬到寺院里和情夫共享，丝毫不避嫌。

此事官中上下人人皆知，只有皇帝高纬蒙在鼓里。有一天高纬入宫向母亲请安，见母亲身边站着两名新来的女尼，生得眉清目秀，姿色可人。高纬当下便动了心，当夜，命人悄悄宣召这两名女尼，逼其侍寝，可是两名女尼抵死不从。高纬大怒，命宫人强行脱下两人的衣服，一看，原来是两名男扮女装的少年僧侣！

高纬是又惊又怒，一下子明白了母亲的秽行。原来这两人是昙献手下的小和尚，生得十分漂亮，被胡太后看中，带回宫中淫乐。胡太后怕高纬知道，才让他们乔扮女尼入宫。第二天，高纬就下令将昙献和两名小僧斩首，将太后迁居北宫，幽闭起来。后来高纬念及母子之情，还是将胡太后接回宫中奉养，但母子二人终归还是有了嫌隙。高纬每次去看望胡太后，宴席上的食物连尝都不敢尝——他担心母亲因为昙献之死报复自己。

不久后，北齐亡国，高纬与儿子高恒一起被辣椒塞口而死，年仅二十三岁。胡氏被俘入长安，她生于贵族家庭，没有自食其力的能力，便与自己的儿媳妇，高纬的皇后穆黄花一起在长安闹市区内公开卖淫。

两位昔日的皇后沦落为娼妓，长安城轰动了，胡太后的生意十分兴隆。纵观上下五千年历史，再也没有这么匪夷所思的事情了，从金銮殿到怡红院，这是一个绝好的电影题材。

12

武皇的面首不认输：
爱你，也爱你的江山

历史上最出名的面首，当数武则天的面首。

武则天消费男色的手段与男皇帝选妃子是一样的，有专人给她物色可意的美男子。《旧唐书·张行成传》曾有记载："天后令选美少年为左右奉宸供奉"，这一举动遭到意识传统的朝臣极力反对，但武则天不以为意。

负责给武则天物色男妃的女选官有很多，其中最出色最有名的，便是太平公主。太平公主可不是别人，乃是武则天的亲闺女。武则天不仅在政治上有一套，而且在生活上也显露出惊人的一面，她像男皇帝一样纳妾封官，经常与面首在一起，让男侍陪寝。武则天的面首数量很多，为了加强对他们的管理，公元699年，武则天成立了控鹤监，后来又改称为奉宸府，里面任职的官员大多是女皇的男宠及轻薄文人。虽然设置此机构的公开目的是提供有才华的文章和文学作品汇编，但它很快就堕落为类似男性后宫的场所。

武则天早期宠幸的面首叫薛怀义，他的出现对武则天还是很有用处的，为什么这么说呢？薛怀义本人从容貌到身材都比较优秀，而且到后来他也为武则天登基找到一些理论上的依据，所以他对武则天来说还是非常有用的。

那么谁把薛怀义找来的呢？是唐高祖的第十八个女儿千金公主给武则天献上的一个美男子。这个美男子名叫冯小宝，这个冯小宝最早是在洛阳城市井之中靠卖野药为生的小商贩，走东家串西家，挑个担子，身体结实魁梧，又能说会道。一次偶然的机会，便被豪门中的侍女看上了，成了侍女的情人。这个侍女的主人便是李唐宗室谋反案之后为了保命，主动要求当武则天女儿的千金公主。

这个侍女偷偷把冯小宝约到公主府幽会，不小心被公主发现了。千金公主勃然大怒，但是看看跪在地上的冯小宝一表人才，千金公主也就原谅了他，非但没有惩罚冯小宝，还把他留用了。经过一番检验，千金公主觉得冯小宝确实是难得的人才，而自己也正在努力讨好武则天，于是又把他重新包装一番，送进宫来准备孝敬武则天。

千金公主这次送来美男的意外孝敬，自然是正中武则天下怀，武则天喜出望外。冯小宝刚过三十岁，侍寝有术，深得女皇的宠爱。为了能让冯小宝合乎情理地往来后宫，武则天接受公主的计策，把冯小宝变为僧人，将洛阳的白马寺修饰一下，让他学习佛教经典，担任白马寺住持。这样一则可以掩饰他的实际身份，二则可以陶冶性情，培养他参政的能力。又将其改名"怀义"，赐予薛姓，让太平公主的丈夫薛绍以叔父之礼相待。

打这儿起，洛阳城少了一个卖野药的商贩冯小宝，宫里多了一个薛怀义。

从此薛怀义经常出入武则天的寝宫。人人都知道薛怀义的身份地位非同寻常，尊称他为"薛师"，不敢直呼其名，就连在朝廷里威风八面的武承嗣、武三思兄弟，也甘心在他面前低三下四，跟奴才似的阿谀奉承。

薛怀义从一个市井小商贩摇身一变成为武则天的首席男宠，身份虽然变了，恶习却难改。据《资治通鉴》记载，薛怀义出入宫禁时，乘坐的是天子的车马，身边有十几个宦官侍奉陪同，百姓遇到了，都奔走逃避，如果有人胆敢靠近马车，就被打得头破血流，打完抛弃在地，根本不管百姓的死活。

由于他是和尚，所以看不惯道士。薛怀义在路上遇见道士，就无故殴打他们，把道士的头发剃光才罢休。薛怀义嚣张至极，以至于那些朝廷显贵都跪地爬行，向他敬礼，就连武承嗣、武三思都以童仆的礼节来侍奉他，为他拉缰绳、赶马车。可薛怀义压根没把这些人放在眼里。并且，他还召集了原来认识的一批市井流氓、无赖少年，命这些小流氓都剃发为僧，纵容他们为非作歹。

那么朝中文武群臣就没人敢言语吗？事不平有人管，道不平有人铲，这不来了一位嘛，右台御史冯思勖站出来主张正义，以国家法令来处理他的违法行为。薛怀义从此记恨在心，在路上遇到冯思勖，便命令随从殴打他，险些将冯思勖打死。薛怀义如此作恶，武则天得知后，便刻意为他洗白，以平息朝野众怒。

怎么洗白呢？武则天交给他一项工程——修建明堂。

明堂是儒教的宗教建筑。古代文化的中心在宗教，而明堂则是以宗教为中心，集宗教、政事、教化于一体的所在，是古代最高统治者的"大本营"。无论哪种说法，明堂都是一个神圣的地方，一个神圣的建筑。武则天很叛逆，她居然让一个男宠去主管修建工程。

可武则天的优势就在于善于用人。不到一年时间，薛怀义就修建起一座崭新宏伟的明堂，这座明堂高二百九十四尺，三百尺见方，共分三层。下层模仿四时，中层模仿十二时辰；上层是圆盖，有九条龙拱捧着，设有铁制的凤鸟，高有一丈，外表用黄金涂饰。这是历代明堂中最为壮观的，号称"万象神宫"，允许百姓进入观赏。接着，又在明堂的北面造了一座"天堂"，更为雄伟，一共五层，到第三层就可以俯看明堂了，这个天堂专门用来供奉佛像，佛像超大，据资料记载，佛像的一根小指头里就能容纳几十个人。

武则天觉得十分风光，在明堂祭拜，各种珍禽异兽、宝物排列在祭坛前，文物车骑众多，气派十足。于是，武则天一高兴，便加封薛怀义为正三品的左威卫大将军、梁国公。既然是大将军，势必就要建立军功。于是，武则天便派薛怀义带领大军讨伐突厥。令人匪夷所思的是，薛怀义这个卖野药的小贩奉命前去讨伐突厥，竟然一战功成！武则天自然是喜出望外，又给薛怀义升官晋级，加封他为二品辅国大将军。

就这样，薛怀义屡立大功，官越做越大，地位越来越高，最后竟然到了红得发紫的地步。但是，人拼到最后终究拼的是文化，薛怀义毕竟是市井出身的混混，不懂得"满招损，谦受益"的天道，以至于地位越来越高，却一错再错，最终丢了性命。

　　这还要从薛怀义争风吃醋的事情说起。当时有一个叫沈南璆的御医，常常给武则天看病，一来二去日子长了，武则天就喜欢上了沈御医。这让薛怀义心里很不是滋味，认为武则天故意冷落了自己。

　　这就是薛怀义没摆正自己的位置。这时武则天已经称帝，而历代的皇帝都是后宫佳丽成群。男皇帝可以拥后宫三千佳丽，那么女皇武则天就不能多几个男宠吗？

　　当然，这是薛怀义目光短浅，没看清楚自己终究是个玩具型奴才，他对自个儿的定位太高太离谱。他吃醋难过的情绪无处宣泄，就跑去和那些流氓小和尚胡闹，每天无事生非，惹出不少事端，这引起了武则天的不满，但武则天仍念及旧情，有意袒护他。可薛怀义蹬鼻子上脸，不仅毫不收敛，反而更加猖狂，公元695年正月十五的这一天，薛怀义犯了一个不可饶恕的致命大错。

　　这一年正月十五，正是上元佳节，传统节日势必要有一些活动。武则天的活动是在明堂开法会。薛怀义为这个活动积极地准备，他命人在明堂的地下挖了一个五丈深的大坑，然后把佛像埋在里面，又用丝绸彩带搭了一座模拟宫殿，这是一个精心设计的机关。等武则天一到明堂，佛像由人从坑底拉起，拉到模拟的宫殿之中。从侧面看，仿佛佛像从地底下升天，很有创意也很神奇。

　　薛怀义唯恐这个画面不足以震撼武则天，他又想了个法子，杀了一头牛，用牛血画了一个高二百尺的大佛，挂在天津桥上，并对武则天说，这是他刺破了腿，用自己的鲜血画成的。但武则天并没有理会薛怀义，没有显露出半点感动。

薛怀义十分难过，认为武则天的心已经给了御医沈南璆。他心死之余，做了一件事。正月十六的夜里，薛怀义纵火焚烧天堂，火势迅猛，很快蔓延到明堂，大火熊熊，把神都的黑夜照耀得如同白昼一般亮堂。到天明时，天堂和明堂一同化为灰烬。昔日气派壮丽的建筑成了一片焦土。

纵火烧毁明堂之后，薛怀义才感到不妙。他忐忑不安，提心吊胆，惶惶不可终日，拿不准武则天会怎样处置他。可是几天过去，武则天没有动作。薛怀义就犯嘀咕了，以他对武则天的了解，这个事她不仅不会饶他，而且不会轻饶他。以女皇说翻脸就翻脸的个性应当是雷厉风行，怎么会没动静？这是暴风雨来临之前的片刻安宁吗？

对明堂和天堂失火一事，朝廷大臣当然要议论。有的说，这是上天给予的警示，武则天应该下台。还有的拍马屁，说这是祥瑞，吉祥的预兆。因为根据史书，当年周武王讨伐商纣王，在过河的时候天降大火，后来周武王果然打败了商纣王。由此推理，大周也必定兴旺。这两种截然不同的说法，搞得武则天心里也不安，当然武则天更相信这是上天的警示。因此，薛怀义这一把火不单烧毁了大周王朝的标志性建筑，还给武则天留下了深刻的心理阴影。

表面上是一派风平浪静。薛怀义毫发未损，在纳闷中度日如年。万岁通天元年（696年）二月，薛怀义突然死了。

不用说，所有人这时都会想到，一定是武则天秘密杀害了情人冯小宝。她不公开下令斩杀，是因为怕丢脸。薛怀义纵火烧毁明堂和天堂，罪大恶极应当处死，这合情合理。可问题是，他纵火的理由是和御医沈南璆争风吃醋，这不能公之于众啊！因此武则天不声不响，命人暗算了自己的老相好。

薛怀义算是彻底被打倒了。当然武则天也没闲着，接着又找到了一对兄弟面首：张易之，张昌宗。

这哥俩是定州义丰（今河北安国）人。张易之，江湖人称"五郎"，白皙貌美，兼擅音律歌词。张昌宗是张易之的亲弟弟，排行第六，也是难得一见的美男子。他们家族叫中山张氏，在秦朝就有他们祖先的记载，当时那个人叫张苍，是荀子的学生，与李斯和韩非都是同学。在秦朝的工作是御史，刘邦起义后，就进入了西汉。因为协助刘邦镇压叛乱的臧荼，被封为北平侯，到汉文帝时期，做了十五年的宰相。京剧有一出《盗宗卷》，里面的老生张苍就是张易之、张昌宗他哥俩的祖先。

秦朝到大周，有近一千年的历史，张苍对张氏兄弟的人生产生不了什么影响。在张氏家族里，唐朝官做得最大的，是兄弟俩爷爷的兄弟，名字叫张行成，就是唐高宗李治继位第一天，任命的三位宰相之一。

张氏兄弟家族发达，张易之、张昌宗作为亲戚能享受福利，经过考试后进入了上层社会，但只是当了一个小官吏，那怎么样才能让武则天看上呢？

这还要从当年薛怀义放火说起。在放火的地方，又建了一座建筑，更高更豪华，它就是通天宫第二代。等一切都平静下来，武则天的小女儿太平公主知道自己母亲心里不是滋味，觉得还得给母亲找一些好的小伙子，于是又找到了一个肤白貌美的年轻小伙张昌宗，武则天试用过后，就录用了他。

张昌宗随即向武则天介绍自己的哥哥张易之，说他的才干超过自己，而且还善于炼制丹药。武则天立即召见，对英俊潇洒的张易之大为欣赏，召见当天就任命张昌宗为云麾将军，张易之为司卫少卿，赐住宅一处，绢帛五百段，大量的男仆女婢、骆驼、牛马供他们使用。张氏兄弟进宫任职不到十天半月，权势震惊天下。就连武家的子侄见到他们兄弟二人，也要抢着讨好巴结，亲自牵马递鞭，称张易之为"五郎"，张昌宗为"六郎"。

武则天是个很勤奋的皇帝，喜欢把权力都抓在自己手里，做任何事都恨不能亲力亲为。圣历三年（700年）后，武则天已经是近八十岁的老人了，再也不能像从前那样事无巨细地管理，她需要放权。武则天选择的第一批放权对象，是来俊臣等一批酷吏，但是来俊臣等人很快被宰相们联合起来清剿了，在这种情况下，张氏兄弟就成了武则天的第二批代言人。

张易之原本只是个小官，现在不一样了。家住的是豪宅，出门是高头大马接送，吃饭有大官陪同。但是，这对他来说还远远不够，为了突出自己的与众不同，确立自己的威信，将自己打造成女皇心中最信赖之人，张易之决定，向皇宫贵族开刀。他为自己定了这么几个目标：

首先，是唐中宗的后代，其中包括长子李重润、女儿李仙蕙、女婿武延基。

其次，是曾经弹劾过自己的御史魏元忠等人。

张易之还真有几分手段，他向武则天申诉，竟然真把魏元忠流放了。后来御史宋璟弹劾张氏兄弟贪污以及谋反，武则天下令，命宗晋卿、李承嘉、桓彦范、袁恕己四人，组成调查小组严查，但司刑正贾敬言观察武则天的心意，禀奏张昌宗强行购买他人货物，罪刑判为赔偿财物。

神龙元年（705年），张柬之等人带领卫队进驻长安城，软禁武则天，逼迫女皇退位。同时太子李显进入玄武门，宣布继位。

武则天失去了权势，张易之、张昌宗也就没了靠山，全部被杀。

这里面还有一个小插曲，是关于大诗人宋之问的。宋之问是个才华横溢的饱学之士，曾经找过武则天，说愿意当面首，还写了一首艳诗献给女皇。

武则天读后赞不绝口，待宋之问离开后，却对身边人说："这个宋之问，的确是难遇之才，只是他口臭熏人，让朕无法忍受。"

由于口臭，宋之问的美梦化作了泡影，没能当上女皇的面首，这能找谁说理去？

13

清帝：听说你们羡慕朕的御膳？

其实朕只想好好吃个饭！

郭 论 *Guo Theory*

　　最近聊闲天，朋友们说听了"郭论"里面说帝王将相的故事，就想皇上平常日子是什么样，皇上坐在金殿上用什么方言说话？大伙聊得都挺好玩的。

　　过去有一个笑话，说两个普通的老百姓聊天，就聊这皇上怎么过日子的。结果一个人就说了，说这皇上啊，坐在屋里边，肯定是前面一个油锅，后面一个油锅，想吃油条炸油条，想吃麻花炸麻花。另一个人说，你说得不准，我分析呀，要是娘娘啊，估计这冬天也不起，就在被窝里边这么偎着，然后躺着躺着就喊：来人呀，给我拿个凉柿子来！

　　有人用这个笑话来证明人的想象力受生活局限的影响有多大，一辈子没出过远门的平民想象人生奢华的享受也无非如此，但各位也不必因为这个笑话人家对吧？话说回来，皇上想吃什么，对中国人来说确实是一个有意思的问题。天子富有四海，所吃的食品，品种丰富，品质优良，他能吃当时老百姓吃不上的山珍海味。虽然吃得好，但是皇上吃饭的规矩也很多，尤其到了清朝那会儿，在吃上，那是发展到了巅峰。今天咱们可以聊一聊清朝皇帝吃饭的那点事。

故宫您都去过吧？故宫里面，皇上的御膳是在哪儿吃呢？咱们在家吃饭，家里都有一个餐厅，一家人坐这儿吃饭。古代皇上吃饭那就更讲究了，皇上吃饭不能叫吃饭，叫进膳。

末代皇帝溥仪在回忆录《我的前半生》里就提到过：说皇帝吃饭，绝对不准别人叫饭，应该叫膳。吃饭，那就得说是进膳，做饭的厨房那叫御膳房，清朝时候全名叫御茶膳房，专门给皇帝皇后提供膳食的地方，那么这个御茶膳房在故宫的什么位置呢？您要有空，去故宫旅游时可以找一找，乾清门外箭亭旁边，就是过去清朝御茶膳房的位置。清朝前期，御茶膳房的这个位置时常有变，那么咱们刚才说的这个位置，就是箭亭旁边的这个位置，是从康熙时期确定下来的。那么皇上到底在哪儿进膳呢？史料记载雍正以前的皇帝的用膳地点主要是在乾清宫及其附近，后来呢，经常在养心殿东暖阁进膳。其实皇上吃饭的地点不是很固定，这就称为"饭随帝走"，饭，跟随着皇帝走，那就是皇上走到哪儿，传膳就跟到哪儿，皇帝身边总有这么几个负责背桌子的侍从，皇上这会儿饿了想吃饭，一说要传膳，侍从立即就把膳桌都摆开了，传膳太监手里捧着膳盒，从御膳房到皇帝用膳的地方一溜儿小跑，就把准备好的饭菜粥汤依次摆在膳桌上，然后就等着皇上开始进膳。这个进膳，跟咱们现在不一样，现在你想吃什么吃什么，想吃什么夹什么。皇上吃饭呢，身边不能有人陪着吃，只能独自一个人用膳，皇上在太监的陪同下走到桌子这儿入座，就开始准备用膳。皇帝旁边站着四个太监，这四个太监垂着手在皇上身后，一个岁数稍微大一点的侍膳的太监站在边上给皇上布菜，就是给皇上夹菜。皇上吃饭还有一个规矩，叫"吃菜不许过三匙"，匙就是勺子的意思，皇上吃到多好吃的东西都不许过了三匙，为什么呢？因为皇上对菜的喜好，绝不能让外人知道，避免歹人有针对性地下毒。所以不管什么菜，皇上不能连续吃三口以上，皇上说菜不错，太监再盛一次之后，就得把这菜往后挪，如果某一道菜皇上连吃三口，太监就得喊"撤"，打这儿起，十天半个月，都不会再有这个菜了。那皇上说喜欢吃的菜不能多吃，剩下的不就浪费了吗？皇上吃过好吃的菜是可以赏赐给妃嫔的，皇上进膳的膳桌旁边专门摆了一个几案，就是方便皇上赏赐用的，皇上觉得哪道菜特别好吃，说一句"赏"，这菜呢，就放到旁边几案上，待会儿放一个食盒里，这食盒底部有开水，是保温用的，然后就送给被赏赐的人，哪个官儿啊，或者是哪个妃嫔那儿，送到宫里、府里边。

说起妃嫔，电视剧电影里老有这些个妃子、妇女，钩心斗角，下毒下药。皇上吃饭时，总有人拿个银针试毒，有没有这个真事呢？有！

皇上进膳的过程中，有一个重要的规矩就是给菜验毒。侍膳的太监先在每道菜上面放一块试毒的牌子，就为了看这个牌子有没有变色，拿这个当标准来检验饭菜是否有毒，还有，就是检查各种菜所用的原料配合在一块儿，是否会产生一些毒素反应。这个试毒牌，是一种银质的半寸宽、三寸长的小牌子，据说如果饭菜里有毒，牌子变色了，皇上绝不会吃。为了防止皇上中毒，甚至还会追究厨师的责任，每一道菜都有专门的厨师负责，也会把厨师的名字写在菜下面，弄不好就得杀头，《养吉斋丛录》里就这么记载："膳房恭备御膳，某物品及某物为何人烹调，逐日开单，具稿呈内务府大臣画行。"
每道菜还都要准备两份，一份给皇上，一份当作样菜，用来之后查验用。那
么只有试毒牌，那验毒不准啊，万一这牌子被人调换怎么办呢？所以皇上还
有别的法子，就是御膳用试毒牌检验过之后，让太监们再亲口把每道菜尝一
口，这叫"尝膳"。验证无误之后，皇上再示意，让这个太监把自个儿爱吃
的菜盛到碗里，开始吃。除了试毒牌，皇上用的是银筷子银碗，保证所用的
饭菜确实没有毒。用银器试毒是不是真的有用？用银器就能查出来有没有毒
吗？反正经过现代科学的解释吧，也是有点科学依据，因为古代毒药的品种
比较单一，最厉害的毒药就是砒霜，砒霜提取的时候，会含有硫化物，银子
遇到硫化物，引起一种化学反应，生成黑色的硫化银，所以古代的银器试毒
都还是很灵验的。当然，主要还是因为古代的毒药品种单一，要以现在的
科学技术，拿什么也不管用。所以说，多一个银筷子银碗来是解决不了问
题的。

之前有一个宫廷剧，挺火，我没时间看，听他们念叨来着，他们跟我说，
剧里有一个皇上祭祀吃胙肉，就是白水煮肉，这个在清朝历史上是真有这么一
个习俗，《梵天庐丛录》上说过。据《梵天庐丛录》上说："清代新年朝贺，每
赐廷臣吃肉。其肉不杂他味。"什么意思？就是说每年过年皇上赏赐群臣的肉
就是白水煮肉，不加任何调味料。

《啸亭续录》上也说，每年春节，皇家要举行祭神仪式，皇上带着内外藩
王、贝勒、辅臣、六部正卿等人，大伙一起吃祭神肉。

也不光过年吃，赶上皇上过生日，皇考的忌日，就是现任皇上的爸

爸皇阿玛，他的忌日，还有太后的生日，各种节日，宫里都要设置宴席祭祀，都得吃祭神肉，反正不管大节小节，清宫里的祭祀少不了都得吃这个祭神肉。为什么祭祀要吃这个白水煮肉？因为满族信仰萨满教，萨满教非常讲究祭祀，祭祀主要就是以猪肉为祭品，由于宗教信仰的原因，清朝从皇太极的时候就规定下来了，除夕第二天，就是元旦祭，从皇帝到普通的满族旗人，都要用白水煮肉，祭祀神灵和祖先。这种祭肉呢，就是上面说到的白片肉，祭祀的白水煮肉不能加盐，不能加酱油，加了那就是对祖先的大不敬。

清太祖后来在紫禁城里修了万历妈妈庙。清朝祭祀，每天杀四头猪，其中有一头，专门给这座庙上供。因为万历妈妈是做豆腐的，所以清朝祭品中不允许有豆制品，酱油也包括在内，表达自个儿尊敬的心情，所以吃祭肉特别强调，不能加酱油，这也是清朝祖先延续下来的规矩。

那么在哪儿祭祀呢？祭祀的场所在坤宁宫，所以这也称为坤宁宫祭祀。祭祀时每次都要杀两头纯黑的猪祭神。宫里有两口大锅，一个用来煮肉，一个用来蒸打糕。祭祀的过程很复杂，用猪血灌猪肠，切好了煮完之后的猪，还得拼成原来那样，拼成一个完整的猪的样子，胳膊、腿切完了再拼回去，祭完神之后，皇上才开始把撤下来的祭肉，分给各位大学士品尝。皇上面北而坐，各位王爷大臣穿着蟒袍补服，向神灵和皇上行礼，坐一会儿之后开始吃祭神肉，有资格参与祭神仪式，并且跟皇上一块儿吃肉，那是个无比光荣的事。一般参与者都是皇亲国戚，并且什么级别的官，吃什么位置的肉，那都是有严格规定的，不能轻易地混淆。那么话说回来了，过年这一天也不能就吃一顿白水煮肉，谁受得了？所以说是有宫廷宴席的，清朝是每逢除夕，从午时开始，就是咱们现在的上午十一点到下午一点，每个时辰两个钟头，皇上在保和殿赐宴群臣。下午六点皇上回到乾清宫，才开始享受家宴。

先说这个赐臣宴，赐臣宴当天，满族的官员和汉族的官员，分开站立，等着皇上。上午十一点开始皇上就落座了，群臣开始进殿，桌子上已经摆好了点心之类的吃的。在《大清会典》中明确规定，除夕元旦、皇帝万寿等宴席用四等满席。四等满席是非常有讲究的，满席一共分为六个等级，四等和五等都是给人吃的，往上三等都是专供祭祀用的，所以宫廷宴席但凡吃满席的，那吃的都是四等或五等，吃不着三等以上。为什么要强调满席呢？因为清朝时候，大臣才有满臣和汉臣两种，两个民族的饮食习惯、生活环境不一样，吃的也不一样，为了尊重两个民族不一样的习惯，所以清朝有满席汉席之分，合成之后就是咱们今天常说的满汉全席。但是上面这些节日里的御宴，统一都用满席。御宴开始了，群臣们先磕头，吃汤饭，或者是一种鸡蛋做的食物。接着开始皇上赏菜的环节，皇上每赏一道菜，受赐的王公大臣就得磕头一次，赏完了菜，皇上开始赏奶茶，然后接着磕头，之后是开始赏酒，最后是吃主食，吃的时间也不长，三刻钟，照今天来说45分钟吧。

其实对大臣来说，吃御宴真是个苦差事，这45分钟里老得磕头。到了过年的当天晚上，皇上就开始吃家宴了，家宴就比赐宴群臣的宴席要吃得随意些，吃的是自己家乡的传统菜肴，但排场很大，乾隆四十九年（1784年）的除夕家宴，一桌酒宴，用了猪肉65斤，野猪肉25斤，肥鸡3只，菜鸡3只，野鸡6只，关东鹅5只，鹿肉25斤。一桌酒宴，光是猪肉的菜30盆以上，您琢磨琢磨这排场有多大。

咸丰十一年（1861年）的除夕，即位不久的小皇帝载淳，他的这个年夜饭，有记载说有"万年如意"大碗菜四品，包括燕窝"万"字金银鸭子、燕窝"年"字三鲜肥鸡、燕窝"如"字锅烧鸭子、燕窝"意"字什锦鸡丝；还有怀碗菜四品、碟菜四品、片盘二品、饽饽二品。加起来一共十六品。"品"，是清宫记录菜肴的量词，跟咱们今天的一道菜两道菜那个"道"很相似，所以十六品就是十六道菜。除了这些丰盛的宴席，清代皇帝过年吃的东西有一样跟老百姓是一样的，那就是饺子。清宫《膳食档》中就曾经记载了光绪过年时吃肉馅饺子的情景："正月初一，万岁爷在养心殿进煮饽饽。第一次进猪肉长寿菜馅煮饽饽十三个，猪肉菠菜馅煮饽饽十三个。"饽饽就是饺子，在清朝，饺子属于点心，饽饽就是饺子的小名。

清朝皇室在入关之前在东北地区，每到除夕都会包很多饺子。东北天冷了，室外就是天然冰箱，就把包的饺子存起来，一连吃上十几天。

清朝皇室吃饺子有一个习俗，只吃素馅的，这个规矩是清太祖努尔哈赤定的。当年清太祖努尔哈赤起兵的时候，为了夺取政权，杀戮很重，死了很多人。努尔哈赤觉得心中有愧，对不起死去的战士，在登上汗位那一年的元旦，对天发誓说每年除夕，只包素馅的饺子，不动荤，以此来纪念死者。有了老祖宗这个规矩，清宫里就有不成文的规定，以后吃饺子只吃素。当然，到后来也有所变动了，到了清朝中晚期，皇帝对这些规矩的遵守逐渐淡化，尤其咱们刚才说的光绪帝，他就把饺子馅改成了肉馅。

那么皇上吃饭还有什么故事呢？我下期跟您聊聊皇帝后厨的那些故事。

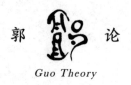

郭 论

Guo Theory

14

那些让朕忘不掉也放不下的
厨子和美食

中国人有一个特点，一见面就是："您吃了吗？"

老话说得好，民以食为天。不管人活着是为了吃饭，还是吃饭是为了活着，反正人这一辈子不能离开吃，小孩一落地，抱到妈妈怀里吃奶，也没人教他，就知道自己吃，所以说吃饭是每一个人的本能。上一期的时候咱们聊了皇上吃饭的规矩，今天我们可以讲一讲皇上后厨的故事。

大伙都知道，皇上吃的东西，那些个山珍海味，鸡鸭鱼肉，天上飞的地上跑的，原料是上好的。但是话说回来，光是原料好，手艺不行也是白搭，这个御膳好吃不好吃跟厨子是脱不了关系的，一个厨子的技术水平直接决定了这个饭好吃不好吃。

既然是皇上，什么都得是天底下最好的。御厨的技术当然也得是数一数二的。清朝皇帝的御膳，主要由这几种菜组成——满族菜、山东菜和苏州菜。满族菜不用说了，清朝的皇帝就是满人，入关之后当然爱吃自己本民族的菜。清朝先祖入关之后，清宫就沿袭了明代宫廷的饮食习惯，因为明朝宫廷里主要是以山东菜为主，所以清朝的御膳也逐渐以山东风味为主。直到乾隆年间，由于乾隆皇帝数次南巡，苏杭菜点受到了乾隆的赏识和喜爱，之后也就开始在宫中流行起来。由于菜系逐渐固定，所以厨子的选拔肯定也是在这些菜系的厨子里选。

咱们先说满族菜的厨师，这个满族菜的厨师都是随龙伴驾、入关带进来的满族厨师，清朝前期就成为了御厨的核心。他们大多是子承父业，传男不传女，父亲在宫里干到六七十岁，就可以退休了，带着儿子进宫看自己做菜，培养接班人。如果没儿子呢，这个菜没人继承就失传了。

努尔哈赤有一个御厨叫雅喀穆，相传在萨尔浒战役中，他让雅喀穆宰羊慰劳官兵，把羊肉炖给伤员吃，自己把羊排骨煨烂之后吃。雅喀穆一看不落忍，就想这个羊骨能不能做得更好吃一点，于是就把羊骨剁成小块儿，先卤出来，然后在锅里面放辣椒、葱段和白酒，再继续翻炒，直到把骨头里的水分炒干了，香料入了味。这道菜得到了努尔哈赤的夸奖，后来给它命名为"火燎葱香羊排"，之后，每逢幸事都会做这道菜，表达对官兵的爱惜。

后来雅喀穆入宫之后专门负责烹调满族的传统美食，全羊宴、山八珍、满族饽饽、烤肉什么的都带到了清宫里。说到名厨，清朝的时候，宫廷菜三大菜系之一的苏州菜里也有一位传奇的名厨，好多人通过影视剧也都知道了这位的名字，这人姓张，叫张东官，是乾隆时期特别受喜爱的一位御厨，那他是怎么被乾隆看上的呢？

乾隆皇帝喜欢出巡，一生六次南巡，我们单口相声、评书啊，都有这个故事，咱们就不细说了，在第四次下江南的时候，乾隆就爱上了苏州菜，并且得到了心爱的江南第一名厨——张东官。

乾隆出行，各州府文武百官，都得给皇上筹备吃穿用度的物品，讨皇上欢心。其中有一位苏州织造，很会揣摩皇上的心思，知道皇上喜欢吃，对吃有讲究，所以这位苏州织造在皇上圣驾到苏州的那天，就让自己家里的厨子张成、宋元和张东官三个人做好了准备，等皇上圣驾抵达宝应县的时候就献上了苏州名菜：糯米鸭子、万年青炖肉、燕窝鸡丝、春笋糟鸡。摆上来呈给皇上品尝，皇上吃完后心情大好，当场就赏给做饭的厨子一两重的银锞子，每人两个。

皇上出游这么多地方，怎么偏偏苏州菜这么讨皇上欢心呢？当时的江南苏州，那是富庶之地、鱼米之乡，苏州织造一职本来就是负责皇室织品的督造，同时定期替皇上张罗各种好用好玩的东西，一般都是由皇帝的亲信才能任职，那么府里的厨子也是当地有名的、身怀绝技的厨子。

乾隆吃这些个江南美食之后是赞不绝口，南巡回朝的时候就把张东官和苏州织造府的其他家厨，一起带回了紫禁城，他们也是不负圣望，在御膳房这个墨守成规的厨房里进行创新，不断改良出更美味的苏州菜。你看张东官的苏造肉、苏造肘子，苏造就是苏州制造。苏造肉非常有名，包括后来北京城的有名小吃——卤煮火烧，也跟这个苏造肉有关系。这是有个厨子学会了苏造肉，流入民间，但是，普通老百姓也吃不起那么讲究的东西，就用苏造肉的做法，买了猪下水，做成了卤煮小肠什么的，跟这个御膳里的苏造肉还是有渊源的。

　　乾隆皇帝喜欢吃张东官做的菜已经到了魔怔的地步，首先他有自己的专属厨房，"苏造铺"，就是苏州厨子主理的厨房。不仅如此，乾隆每日膳单的打头菜都是张东官做的，膳单中还经常出现乾隆在用膳的时候，指明张东官添菜的记录，出门也带在身边，张东官随营共膳，所以这么喜欢的一个厨子，皇上是不能轻易放过的。

　　张东官在皇宫里给皇上做了二十多年的菜，直到乾隆最后一次南巡，行至灵岩山，乾隆让和珅和福隆安传旨，说膳房苏州厨役张东官，因年迈腰腿疼痛，不能随往应艺矣。最后到了苏州之后，这才放七十多岁的张东官回家了。

　　刚才咱们说了，乾隆出巡的时候喜欢吃地方菜。传说，福建的北部，顺昌洋口一带，每到农历正月初一，家家都得摆一盘很普通的菠菜豆腐端上桌。这个风俗其实跟乾隆出巡也有关系，乾隆皇帝第四次下江南，因为他是私访，不能跟往常一样，换了换衣服乔装打扮，变为一个富商的模样，没带守卫，太监都没带，独自一个人，就到了一个叫洋口的地儿。他久居深宫，哪儿看过农家美景啊，越看越开心，到了吃饭的点了，周围农家炊烟四起，饭菜香浓，乾隆饿坏了，突然间想起身上没带钱，这怎么办呢？这是个皇上，皇上也得吃饭，那就找别人要呗，派头还挺大，找谁呢？也没人搭理他，走了一圈，只有一个老婆婆看他怪可怜的："来吧，您在这儿吃吧。"

　　他一看这个老太太，家里的饭桌上只有一盘菜，心想说太寒酸了，走吧，但是实在太饿，勉强坐下来吃。吃第一口啊，没想到这么好吃，这是什么菜呢？其实就是菠菜烧豆腐。老太太乐了，心想说这位没见过啊，瞧这表情，还是很认真地问，就说："您不知道啊，这是我们这儿的名菜，这叫金镶白玉板，红嘴绿鹦哥。"老太太还挺有文化，你想啊，金镶白玉板，豆腐是白的，用油煎完之后带着黄，像黄金镶的白玉，金镶白玉板！红嘴绿鹦哥，菠菜是红的根，红根上面的菜是绿的啊，所以说这是我们这儿的名菜——金镶白玉板，红嘴绿鹦哥。

乾隆就记住了，这叫一个念念不忘。回宫之后就跟御膳房说，赶紧给我做饭，我就吃那个"金镶白玉板，红嘴绿鹦哥"。这要了命，没人会呀，皇上越琢磨越馋，派人到洋口，召那老太太进宫做菜。正月初一天一亮，这个菠菜豆腐就摆在皇帝的团圆席上，宫里人吃完都觉得新鲜，民间的菜嘛。

打这儿起，每年正月初一洋口人在团圆席上都摆一道"金镶白玉板，红嘴绿鹦哥"，不为别的，就因为这道菜得到过皇上的赞许，大伙图个吉利，皇上吃的菜，搁到过去也是有明星效应的。

乾隆说完了，咱们再说说乾隆的孙子道光，道光皇帝在历史上有一个特别有名的特点——节俭。我们看电视剧里，其实都有所体现，那么说为什么要节俭呢？因为到了道光时期，清朝已经是明显在走下坡路了，鸦片进入了国门，白银大量流出，导致国库空虚，道光皇帝面对这样的问题，想到一个解决的方法，就是节衣缩食。道光元年（1821年）刚登基那会儿，道光皇帝发布了一个《御制声色货利谕》，也就是道光皇帝的施政纲领，倡导全国官民集体节俭度日。他自己也以身作则，做到了节俭的典范，一年四季的菜品都是以"五品"也就是五道菜为最高标准。咱们现在吃饭还讲究个四菜一汤呢，道光皇帝膳食的最高标准也就是五道菜。

道光皇帝还规定除了太后、皇帝和皇后，其他人非节庆不得吃肉。不仅如此，按照从前的规定，到了夏季，皇后每天都要吃西瓜解暑，但是道光皇帝觉得吃西瓜很奢侈，所以在最热的三伏天明令，说明日取消西瓜，只供水。这有点儿意思了，西瓜太贵，太贵怎么办呢？你们就踏踏实实喝水得了，这个其实有点过分啊。他节俭还有一个典范，道光皇帝爱吃鸡蛋，据传说是清朝历史上最爱吃鸡蛋的一个皇上，顿顿不能离开鸡蛋，每天吃两个鸡蛋就觉得很奢侈。

为什么会这样呢？这个原因咱们之前也说过，内务府好些人专门吃这碗饭，会给皇上报上极高的物价，反正咱们知道道光皇帝吃鸡蛋、吃热干面，都贵得不像话。

溥仪作为清朝的末代皇帝，十分具有传奇色彩。溥仪有一个特点，就是喜欢吃西餐，也是众所周知的，这个跟皇后婉容还有外国老师庄士敦有着很大的关系。

婉容是溥仪西餐的启蒙老师，带着溥仪吃了他生平的第一顿西餐，此后溥仪的洋老师庄士敦就正式开始规范地教导溥仪如何正确食用西餐。打这儿起，溥仪就爱上了西餐。1923年8月25日的《实事白话报》刊登了一条题为《清室添设番菜厨房》的新闻："清帝宣统喜食大餐，现在养心门外设立番菜厨房，由某番菜馆延得庖师四人进内。"

这里说的就是宣统帝爱吃西餐，不但在养心殿外开设了西餐菜馆，还找了四个厨子。这个新闻就是报道溥仪建西餐厨房这个事。紫禁城里，溥仪每天都要跟婉容一起吃西式的早餐。之后溥仪被赶出了紫禁城，来到天津，家里也配了二十个厨子，其中有六个做西餐的，溥仪很少在家吃饭，多数时候，都是拉上婉容开上宝石蓝色的别克轿车，到租界下馆子。下午偶尔也出去找个咖啡厅喝咖啡，听西洋音乐。有时候也会讲一讲喝咖啡的学问。

天津有一家特别著名的西餐馆叫起士林，在天津乃至全国都是排上号的。我们小的时候在天津，到起士林吃一点什么，都开心得不行，在起士林的VIP名单里，就有这两位帝后的名字，据说德式糕点、奶油冰激凌、果料刨冰都是他们俩的心头爱。

说完了清朝皇上吃饭的事，想想咱们现在大家伙儿的生活也都富裕，想吃什么有什么，也不用羡慕皇上的满汉全席。咱们现在吃的有些好东西那比皇上吃的好得多，而且有一些东西皇上都没吃过，最重要的一点是咱们也不用每道菜吃三口，是不是？挺好！不管怎么着，吃，也不必非得花多少钱，也不必特意节省，吃得开心、吃得舒服、吃得健康就好！

15

在脸上花的心思，古人不输现代

现在网络发达，大家买什么都方便，甭管天南的海北的，随便打开个网站就能买。你刷个朋友圈的工夫，就能看见一大帮海外代购。从代购内容看，还真是女孩们的生意好做，我看到的大部分代购商品都是化妆品，什么韩国的、日本的、欧美的……一应俱全，姑娘们那可是没少"剁手"。

化妆品俨然已成为女性日常生活中的必备，姑娘嘛，爱美是天性。也有男的化妆，演出、拍戏时，我遇见的男演员，捯饬起来比姑娘都讲究。我倒差点，可能我长成这样，干脆破罐子破摔吧。我在四十岁之前，不管是拍戏还是做节目，几乎都不化妆。到后来，我四十岁那年，电视台都换了高清的机器，你脸上一个小点都能拍得很清晰。而且同台的几个演员，做节目做嘉宾，人家都化，你要不化，跟人家色儿都不一样，拍出来不好看。所以我正式化妆是从人生四十岁开始，当然，女孩爱化妆那是天性使然。

不要以为只有我们这个时代的姑娘喜欢化妆，古代的女孩子们把嫁一个好夫君作为终生最重要的任务，所以更加看重美丽。但在古代可没有现代这些大规模的专业工厂，那古代中国女性用什么化妆品呢？她们怎么打扮自己呢？

今天咱们就来聊一聊古代中国女性的化妆术。

可以说，中国女性是人类最早学会化妆的群体之一。《楚辞·大招》是这样描写当时的美女的："易中利心，以动作只。粉白黛黑，施芳泽只。"由此可见，早在先秦时代，那些秀外慧中、体态优雅的美女便开始化妆了。那么化妆呢，也无非是五官，咱从上到下，一样样说。

首先咱们说说画眉毛。眉毛，我印象很深，大约在二三十年前，国内特别流行文眉。我那会儿在天津，见到好多女的，不管多大岁数的，大姐、大姑、大姨等都爱文眉，文得还挺宽，各式各样的，有些文得可寒碜了。眉毛文完之后，挺好的一姑娘，整得跟个蜡笔小新一样。

那么中国的画眉是从什么时候开始的呢？画眉源于春秋战国时期，在没有特定的画眉材料之前，中国古代的姑娘们都用柳枝画眉：先将柳枝烧焦，再涂在眉毛上。从文献记载来看，最早的画眉材料，是"黛"。黛，是一种黑色或青色矿物，也称"石黛"。必须先将石黛放在石砚上磨碾，使之成为粉末，然后加水调和。后来我们在汉墓里发现了很多磨石黛的石砚，说明这种化妆品在汉代就已经广泛使用了。前头我说的《楚辞·大招》中的"粉白黛黑，施芳泽只"，黛黑，指的就是黑色黛石。

汉代时，画眉更普遍了，而且越画越好看。《西京杂记》中写道："司马相如妻文君，眉色如望远山，时人效画远山眉。"这是说把眉毛画成长长弯弯的，像远山一样秀丽。后来又发展成用翠绿色画眉，且在宫廷中也很流行。现在我们在街上也看不到有哪个大姐画翠绿色的眉，有的话也挺好的，看着跟《西游记》似的。

当然，这些在当时是时尚。据文献记载，汉宣帝时期的京兆尹张敞，最爱给媳妇用黛画眉。后汉初期，长安地区的女子盛行画"宽眉"，当时用的是青蓝色。《妆台记》中记载："魏武帝令宫人画青黛眉、连头眉，一画连心甚长，人谓之仙娥妆。"就是说，魏武帝特地命妃嫔、宫女们用青黛画长长的连头眉，这种翠色眉毛的流行反而使用黑色描眉成了新鲜事。

到了唐朝时期就变了，唐朝流行把眉毛画得阔而短，形如桂叶或蛾翅，就是像扑棱蛾子的翅或者桂树的叶。元稹诗云"莫画长眉画短眉"，说的就是这个。李贺诗中也说"新桂如蛾眉"。为了使阔眉画得不显得呆板，唐代妇女们又在画眉时，将眉毛边缘处的颜色向外均匀地晕散，称其为"晕眉"。

还有一种画眉方式，是把眉毛画得很细，称为"细眉"，白居易在《长恨歌》中还形容道："芙蓉如面柳如眉"。

到了唐玄宗时期，画眉的形式更是多样，据说有数十种，比如鸳鸯眉、小山眉、五眉、三峰眉、垂珠眉、月眉、分梢眉、涵烟眉、拂烟眉、倒晕眉……光是眉毛就有这么多画法，可见古人的爱美之心很浓厚，一点不逊色于现代人。

前面咱们说了画眉用的是石黛，除了石黛，古代画眉的材料还有铜黛、青雀头黛和螺子黛等等。铜黛，是一种铜锈状的化学物质。青雀头黛，是一种深灰色的画眉材料，南北朝时，由西域传入。螺子黛，则是隋唐时代妇女的画眉材料，原产于波斯（今伊朗），是一种经过加工制造、已经成为各种规定形状的黛块。螺子黛在使用时，只要蘸水即可，也不用研磨，因为它的模样以及制作过程，和中国书画用的墨锭相似，所以也被称为"石墨"或"画眉墨"。

到了宋代，画眉墨的使用更加广泛了。妇女们已经很少再使用最早的石黛了。

元代之后，宫廷贵女的画眉材料，全部选用京西门头沟斋堂特产的眉石，一直到明清时代也如此。

除了画眉，脸上也得白啊，俗话说"一白遮百丑"，上妆抹粉这个化妆步骤直到今天也无法省略，人家古人早在几千年前就发现了。当然，古代的化妆品制造水平和今天是没法比的，古人都是怎么上妆粉的呢？

其实，妆粉的出现之早，超出我们的想象。在《韩非子》中，就出现过"脂泽粉黛"这样一个词。这就说明，妆粉的出现起码要在战国时期或者之前。不过，对于究竟是谁制造了妆粉这种东西，大家各有不同的看法。例如《太平御览》中引《墨子》曰"禹造粉"，说是大禹造的；例如《博物志》中记载"纣烧铅锡作粉"，说是商纣王造的。还有人说，妆粉这种东西是由秦穆公最美丽的女儿创造的。种种说法不一，但都可以证明，妆粉的出现应当是很早的。

所谓"妆粉"，它的材料当然也和现在的化学合成物有很大的区别。因为古时候能够使用的东西有限，最早的妆粉其实就是用一种常见的食物磨成粉末制成的，没错，就是大米。

在秦汉之前，米粉是妆粉的最主要成分。那个时代，米还是一种不便宜的食物，所以，用米磨成粉做化妆品，当然也是有钱人家的姑娘才能享受的殊荣了。

关于米粉的制作方法，在《齐民要术》里有比较详细的记载：将上好的当年的新米，放入一个圆形的粉钵里，把磨好的米粉泡上水，反复淘洗，直至水色变清。然后把米粉浸入冷水中，时间越长越好，等酸味弥漫时，捞出来，用磨子推成极细的粉末浆，然后沉淀在一旁。

等到清水跟粉浆分开时，将清水倒掉，放在太阳下曝晒，水分蒸发殆尽后，用竹片刮去表面一层比较粗糙的粉末，底下的就是细腻的成品了。大姑娘小媳妇就可以往脸上抹了。

不过，以我们今天的眼光来看，用米粉上妆的缺点实在是太明显了，米粉爱掉，而且一遇水就成糊糊了！一个本来挺漂亮的姑娘，一笑，脸上就开始唰唰往下掉粉；一哭，脸上就是一团一团的白色糊状物，那画面真的没法看……

为了解决这样尴尬的情况，聪明的古代人又发明了另外一种东西来作为妆粉，那就是白铅制成的铅粉，又称为"胡粉"。

秦汉时期是铅粉盛行的主要时期。那时道家思想盛行，炼丹修仙的风尚也促进了铅的使用和发展。铅粉和米粉不一样，最大的优点就是洗之不溶，且涂在脸上能给脸色增加光彩，所以在很长一段时间内广泛流传。曹植在他的作品《洛神赋》中，还用"铅华弗御"来形容洛神的美貌。有一个词叫作"洗尽铅华"，这里的"铅"字就是铅粉的意思，形容的就是把所有妆容都洗净去掉之后的清新脱俗之貌。

然而铅这种物质是有毒的，长期使用，会让脸上的皮肤变黑，还会造成铅中毒，只能说古代的姑娘们为了美丽也真是豁出去了。

以上两种粉，都是用来敷面的，使皮肤保持光洁。除了单纯的米粉、铅粉，古代妇女的妆粉还有不少名堂。

魏晋南北朝时，官人段巧笑以米粉、胡粉掺入葵花子汁，合成"紫粉"。

唐代大诗人也写过《时世化妆》一诗，诗中描述了当时长安女子流行在唇上涂黑油（称为"乌膏唇"），脸上抹白粉的妆容。

宋代，有以石膏、滑石、蚌粉、蜡脂、壳麝及益母草等材料，调和而成的"玉女桃花粉"。

明代，则有用茉莉花瓣提炼而成的"珍珠粉"，以及用玉簪花和胡粉制成的"玉簪粉"。

清代，有以珍珠加工而成的"珠粉"，以及用滑石等细石研磨而成的"石粉"等。珍珠粉，大家应该都知道，专门往脸上抹的，到现在好多人都在用这个，包括有很多病人卧床不起，医生给调的治褥疮的药里面也含有珍珠粉。

要说对珍珠粉最狂热的应当就是清朝的慈禧太后了。据说，慈禧太后之所以能够在晚年依旧保持细腻的皮肤，就是因为她长期使用珍珠粉，甚至很多时候，她都在脸上敷着珍珠粉入睡。除此之外，她会定期食用珍珠粉来养颜，真是一个会享受的上位者啊！珍珠粉比起铅粉又上升了一个档次，不仅是纯天然无污染的，还具有保养的作用，非常理想，现在很多高级品牌的化妆品中，珍珠粉依旧是妆粉的成分之一。

既然上妆了，就要带点颜色，显得气色好。胭脂就起到了这样一个作用。胭脂分为两种，脸上涂的（腮红）和嘴上抹的（口红），是和妆粉配套的主要化妆品。古时胭脂又称作燕脂、焉支或燕支。

关于胭脂的起源，有两种不同的说法：一说胭脂起源于商纣时期，是燕地妇女采用红蓝花叶汁凝结为脂而成，因为是燕国所产，所以得名"燕脂"。

另一说为胭脂原产于中国西北匈奴地区的焉支山，匈奴贵族妇女常以"阏氏"（胭脂）妆饰脸面。在公元前139年，汉武帝为了加强汉朝与西域各国的联系，派张骞出使西域。张骞此行，带回了大量的异国文化，包括西域各族的生活方式和民族风物。胭脂的引进，也在这个时候。

最迟在汉代，中国女子已广泛使用胭脂。长沙西汉马王堆一号墓中出土的精美小巧的漆器梳妆箱中，除有发绺、梳子、香粉、黛石，还有胭脂。

妇人妆面的胭脂有两种：一是以丝绵蘸红蓝花汁制成，名为"绵燕支"；另一种是加工成小而薄的花片，名叫"金花燕支"。这两种胭脂都经过阴干处理，使用时只要蘸少量清水即可涂抹。

到了南北朝时期，人们在这种红色颜料中，又加入了牛的骨髓、猪的油脂等物，使其成为一种稠密润滑的脂膏。由此，燕支被写成"胭脂"，"脂"有了真正的意义。

《红楼梦》中有一段关于胭脂的描写，说得非常形象："胭脂也不是一张，却是一个小小的白玉盒子，里面盛着一盒，如玫瑰膏子一样。宝玉笑道：'那市卖的胭脂都不干净，颜色也薄。这是上好的胭脂拧出汁子来，淘澄净了渣滓，配了花露蒸叠成的。只用细簪子挑一点抹在手心里，用一点水化开抹在唇上，手心里就够打颊腮了。'平儿依言妆饰，果见鲜艳异常，且又甜香满颊。"

除了红蓝，制作胭脂的原料还有重绛、石榴、山花以及苏方木等。反正这种东西，从古至今也没少用。咱拿唐代说吧，唐代妆容分为白妆、红妆两种。白妆只敷粉画眉，红妆则要抹上浓郁的胭脂。根据胭脂画法的深浅，妆容会有不同的名字，浓艳者称"酒晕妆"，稍浅一些称"飞霞妆"。

据说，杨贵妃进宫前同双亲告别时，泪水纵横，临上车时，因天气寒冷，脸上的泪水竟冻结成红色的冰珠……此外，贵妃因体态丰满，每当盛夏季节便热得喘不过气来，汗水盈盈，每当她用手绢抹脸时，手绢就变成红色的了。

除了抹脸的，就是口红了，天下口红千千万！中国古代称口红为"口脂、唇脂"。早在先秦时期口脂就已经存在了，当时的口脂主要成分是朱砂这种矿物质颜料，但是那会儿，朱砂很贵，一般人吃不起。

到了秦汉时期，女孩子们受够了吃朱砂的日子，她们在原有口脂的基础上加入了动物脂肪，来增加口脂的持久性以及湿润度。值得一提的是，直到现在，动物油脂依然是口红的重要材料。

到了唐代，口脂可不仅是姑娘才能用，男人们也开始涂了。这主要是因为唐朝的大城市都处在气候干燥的黄河流域，男人们涂口脂就是为了保湿，甚至皇帝还会把口脂当作福利下发给大臣们，但不是人人都有，通常只有皇帝的亲信才能收到这些保养品。所以，能涂口脂就说明你是皇帝看重的人。

那皇帝为什么喜欢给大臣赏赐口脂呢？其实，那会儿的口脂更像一种药品，是过冬的必备物品。

另外，现如今姑娘们的口红不是都分色号吗？这个唐代就有了！各种各样的，什么诱惑紫、元气橙……甚至连黑色的都有。不仅如此，棒状口脂在唐朝已经出现，《莺莺传》中张生送给莺莺的礼物中就有棒状口脂，由此可见追女孩送口红，现代古代都适用！

　　我们捯饬得漂漂亮亮，对别人是尊重，对自己来说也是一件开心的事情。希望咱们大伙都美起来！

16

国民『瘾』品：
专注喝茶两千年

咱们中国人讲究开门七件事：柴米油盐酱醋茶。

这老话说的便是日常过日子离不开的几样东西。但现在，时代在发展，社会在进步，柴米油盐酱醋茶里的柴就渐渐用不上了，好多地方都用煤气，很少再点柴火了。

但是，这七样里面有一样，用了几千年了，那就是茶。

中国人喜欢喝茶，"茶"不仅可以解渴，还能修身养性。这一喝就喝了两千多年，为什么中国茶文化能够延续这么多年呢？水有源，树有根，中国人爱喝茶的根源，得从古时候说起。

一个习惯的养成总是有一个源头的，对不对？关于国人饮茶的起源，到目前为止，众说纷纭，争议未定。大致说来，有神农说、商周说、西汉说、三国说这四种说法。现在轮到郭德纲说这事了。

"神农说"最早出自"茶圣"陆羽，他根据《神农食经》中"茶茗久服，令人有力悦志"的记载，认为饮茶始于神农时代，他在《茶经》中表示："茶之为饮，发乎神农氏。"

神农就是炎帝，与黄帝同为中国上古部落首领。然而据今人考证，《神农食经》成书在汉代以后，因此"饮用茶始于上古原始社会"只是传说，不足为信。

第二种说法是"商周说"。东晋常璩撰写的《华阳国志·巴志》中说巴子国"土植五谷，牲具六畜。……茶、蜜、灵龟、巨犀、山鸡、白雉、黄润、鲜粉，皆纳贡之。其果实之珍者，树有荔芰，蔓有辛蒟，园有芳蒻、香茗。"

常璩明确指出，进贡的"芳蒻、香茗"不是采之野生，而是种之园林。"芳蒻"是一种香草，"香茗"即指茶。此说法表明，生活在陕西南部的古代巴人才是中国最早用茶、种茶的民族。按照这个说法推算，中国至少已有3000余年的用茶、种茶的历史。

第三种说法是"三国说"。《三国志·吴书·韦曜传》中有"密赐茶荈以代酒"的说法，"荈"指的是茶的老叶，也就是粗茶。这种能代酒的饮料当为茶饮料，足以证明吴国宫廷已经开始饮茶。据此，《南窗纪谈》认为中国饮茶始于三国，《集古录》则认为始于魏晋。

三国时代东吴有饮茶的风气，这一点确凿无疑，然而东吴之茶传自巴蜀，巴蜀的饮茶要早于东吴，因此，中国的饮茶一定早于三国时代。

还有一种说法——"西汉说"，清代学者郝懿行在《证俗文》中写道："茗饮之法，始见于汉末，而已萌芽于前汉。司马相如《凡将篇》有'荈诧'，王褒《僮约》有'武阳买茶'。"郝懿行认为饮茶始于东汉末，而萌芽于西汉。

王褒《僮约》中有"烹茶尽具""武阳买茶"的记录，一般都认为"买茶"之"茶"即为茶。而武阳即今四川彭山县，说明四川在西汉宣帝神爵三年（公元前59年）已饮茶，中国的饮茶不晚于公元前1世纪。

综上所述，我们可以得出"中国的饮茶始于西汉"的结论。在此之前，茶叶的功能还是主要发挥在食用、药用上，最初茶叶作为药用而受到关注。古代人类直接含嚼茶树鲜叶，汲取茶汁而感到芬芳清口，久而久之，茶的含嚼成为人们的一种嗜好。该阶段，可说是茶之为饮的前奏。

后来，随着人类生活水平的提高，生嚼茶叶的习惯转变为煎服，即将鲜叶洗净后，置于陶罐中加水煮熟，连汤带叶服用。煎煮而成的茶，虽苦涩，但滋味浓郁，大家都觉得这茶无论在风味还是功效上都比含嚼强得多。时间长了，人们自然养成煮煎品饮的习惯，这是茶作为饮品的开端。

茶由药用发展为日常饮品，经过了食用阶段的中间过渡。即以茶当菜，煮作羹饮。茶叶煮熟后，与饭菜调和一起食用。此时，用茶的目的，一是增加营养，二是为食物解毒。《晏子春秋》记载，"晏子相景公，食脱粟之饭，炙三弋五卯茗菜而已"。《尔雅》中，"苦荼"一词注释云"叶可炙作羹饮"。《桐君录》等古籍中，则有茶与桂姜及一些香料同煮食用的记载。此时，茶叶利用方法有所进步，人们运用了当时的烹煮技术，并已注意到茶汤的调味功用。

西汉就开始有人"喝"茶了。秦汉时期，茶叶的简单加工已经开始出现了。

当时的人采摘茶的鲜叶，用木棒捣成饼状茶团，再晒干或烘干以存放。饮用时，先将茶团捣碎放入壶中，注入开水并加上葱姜和橘子调味。此时茶叶不仅是日常生活中的解毒药品，还成为待客的饮品。另外，由于秦统一了巴蜀（我国较早传播饮茶的地区），促进了饮茶知识与风俗向东延伸。

两汉时期，茶作为四川的特产，通过进贡的渠道，首先传到京城长安，并逐渐向当时的政治、经济、文化中心陕西、河南等北方地区传播；另一方面，四川的饮茶风尚沿水路顺长江传播到长江中下游地区。西汉时期，在巴蜀之外，茶是供上层社会享用的珍稀之品，饮茶限于王公朝士，民间可能很少饮茶。

三国时期，崇茶之风进一步发展，当时民间开始注意到茶的烹煮方法，此时出现"以茶当酒"的习俗。《三国志·吴志·韦曜传》里有这么一个记载：吴国的第四代国君孙皓，嗜好饮酒，每次设宴，招待来客至少饮酒七升。但是不是每个人都有这么大的酒量，朝中就有个大臣韦曜，他有两个特点，第一博学多闻，第二喝不了酒。可是这么多大臣在那儿，韦曜喝不了酒就难以下台，所以，每当韦曜在的时候，国君孙皓便"密赐茶荈以当酒"，意思就是给韦曜偷偷拿杯茶，以茶代酒。这就说明那会儿饮茶已经很普遍了。

随着文人饮茶的兴起，有关茶的诗词歌赋日渐问世，茶已经不单单是喝着玩，已经有了精神作用和社会作用，脱离一般形态的饮食走入文化圈，成为当时的一种文化符号。两晋南北朝时期，门阀制度业已形成，不仅帝王、贵族聚敛成风，一般官吏乃至士人皆以夸豪斗富为荣，多效膏粱厚味。在此情况下，一些有识之士提出"养廉"的问题。于是，出现了陆纳、桓温以茶代酒之举。

"茶"在此代表了一种生活方式。

南齐世祖武皇帝是个比较开明的帝王，他不喜游宴，死前下遗诏，说他死后丧礼要尽量节俭，不要以三牲为祭品，只放些干饭、果饼和茶饭便可以。他还提出来八个字："天下贵贱，咸同此制。"意思就是在这天底下，不管你有多少钱，都得跟我一样，简简单单地入土为安。这就体现了这位皇帝的开明。

从这里可以看出，茶不仅仅用来提神解渴，还用来待客、祭祀等，逐渐变成一种表达精神、情操的手段，也就是说茶已经进入了精神文化领域。

东晋、南朝时，江南很富庶，使得当时的士人得到暂时的满足，终日流连于青山秀水之间，聊天、作诗。很多玄学家喜欢演讲，一般的文人也喜欢高谈阔论。当时很多人不喜欢喝酒，为什么呢？喝完酒就兴奋，喝多了净胡说八道，举止失措，有失大雅。喝茶喝一天能保持清醒，没有说喝茶喝晕的，除非是没控制度，喝的浓茶，那是另一回事。

在那个时代，饮茶已经被当作精神现象来对待了。

那时有个笑话，在《太平御览》引《世说新语》中有记载，说当时有一个人，叫王蒙，他爱好喝茶，尤其家里来朋友了，让大伙喝，玩命喝。原文是这么说的："人至辄命饮之，士大夫皆患之。每欲往候，必云：'今日有水厄'。"意思就是跟他交往的朋友，无论是做官的还是平民，都怕他这点。每次去他家串门，走之前都说今天有水厄。什么是"水厄"呢？水厄原本指溺水而死，大家知道王蒙好喝茶，就开玩笑说，上他家还不得让茶水淹死啊。

这个王蒙是晋代人，做官做到了司徒长史，所以在《世说新语》里留下了这么一个小故事，那会儿可能还有些人不太习惯喝茶，便出现了这么一个小笑话。

随着佛教传入、道教兴起，饮茶与佛、道教联系起来。在道家看来，茶能帮助炼"内丹"，升清降浊，轻身换骨；佛家说，茶是禅定入静的必备之物。这时，中国的茶文化已经初见端倪。

到了隋唐时期，喝茶已经成为一种文化。那时，茶叶被做成饼及很多其他形状，还出现了贡茶，这加速了茶叶栽培和加工技术的发展。

尤其到了唐代，喝茶蔚然成风。为了改善茶叶的苦涩味，人们开始在茶中加入薄荷、盐、红枣调味。此外，人们已经开始使用专门烹茶的器具，论茶的专著已出现。

唐代的陆羽，善于煮茶、品茶，被后世称为"茶圣"，他写的《茶经》流传千古。他在《茶经》里概括了茶的自然和人文科学双重内容，探讨了饮茶艺术，把儒、道、佛三教融入饮茶中，首创中国茶道精神。

唐代茶文化的形成与禅的兴起有关，因茶有提神益思、生精止渴功能，所以寺庙崇尚饮茶，在寺院周围种植茶树，制订茶礼、设茶堂、选茶头，专呈茶事活动。在唐代形成的中国茶道分宫廷茶道、寺院茶礼、文人茶道。

到了宋代，茶业发展更是势如破竹，喝茶成为一种风向。在文人中出现了专业品茶社团，有官员组成的"汤社"、佛教徒的"千人社"等。宋太祖赵匡胤是位嗜茶之士，他在宫廷中设立茶事机关，宫廷用茶还分等级。茶仪已成礼制，赐茶成为皇帝笼络大臣、眷怀亲族的重要手段，还赐给外国使节。

自元朝以后，饮茶的文化进入曲折发展期。虽然宋人拓展了茶文化的社会层面和文化形式，但慢慢地茶艺走向繁复、琐碎、奢侈，已经没有了唐朝茶文化深刻的思想内涵了，过于精细的茶艺让喝茶成为"喝气派""喝礼儿""玩茶"。

元朝时，虽然说北方少数民族喜欢茶，但主要是出于生活、生理上的需要，让他们喝个茶水磨叽三天，他们可受不了，对文化层面上的品茶一事他们并不感兴趣。一直到明代中叶以前，汉人有感于前代民族危亡，加上开国便国事艰难，便用茶表示自己的苦节。

当然，现在喝茶又跟过去不一样了，我打十六岁到北京，尤其干曲艺这行，对喝茶这块儿还是很熟悉的。唱戏的、说书的、说相声的，都爱喝茶。现在我到哪儿去，总有人问我喝什么茶，我喝红茶、绿茶、乌龙茶、普洱等。

记得几十年前，我很少喝这些偏南方的茶。当然了，中国人过去喝茶很讲究，福建、广西、广东、台湾、海南等地，喝乌龙茶、红茶等，到了江苏、浙江、湖南、湖北等地的人都喝绿茶、黄茶等。四川、陕西、甘肃喝的是花茶和绿茶，天津、北京、河北，包括东三省等地都喝北京花茶等。还有内蒙古、西藏、新疆牧区等地的人习惯喝奶和普洱黑茶一起煮的那种奶茶、酥油茶什么的。

北京一带的人喝茶一般喝香片，香片就是花茶。喝茶喝香片，喝酒喝白干，一般家里都会备着几个茶叶罐，尤其过去老北京人常说：一睁眼先沏茶，沏完茶后再吃早点。我跟老北京人聊天时，他们也说早上起来不喝点茶总感觉胃口没涮开，用茶冲开了，这一下才觉得痛快了。但是北京人好像喝不惯绿茶，我跟前这些人都觉得差点，觉得寡淡。花茶四五泡过后还觉得很香，所以好多北京老百姓，对这花茶是低头不见抬头见，要是哪天没有，那不成。我问过北京的一些老字号店，还是茉莉花茶的销量比较大。

咱们看老舍先生的《茶馆》里，老北京人喝茶喝的是小叶茉莉双熏，所谓的"小叶茉莉双熏"是江浙、安徽、福建一带的茶商把小叶种绿茶用运粮水道，比如通过京杭大运河运到北京，然后用茉莉花混在一起窨，高级的是拿嫩的春芽儿加上茉莉花窨两回。这便是老北京人最爱的了。

这种茶对茶坯的选择要求很高，从选料、制坯、选花、养花、窨制到成品得十几道工序，光窨花这个环节就得反复八次，人家行话说"七窨一提"。这茶坯选的是从福建春分时开始采摘的，花是拿花粉浓度最高的、三伏天午后摘的花，那个才好，回味无穷。

过去老北京人爱喝的就是北京花茶。如果按花坯和香味来分，第一种是绿茶类的花茶，包括茉莉花茶、珠兰花茶、白兰花茶、柚子花茶、桂花茶，我有段时间特别爱喝柚子花茶，很对我的胃口。第二种是红茶类的，比如玫瑰红茶、荔枝红茶。第三种是乌龙茶类的，桂花铁观音、茉莉乌龙等。

每个人的口味不一样，有的人爱喝"冲的"，有些人觉得略微回甘就行，有的人觉得"杀口"的好，有的人觉得清新淡雅的好，老北京人爱拿盖碗泡茶聚香，把香味聚起来，也有人说用搪瓷罐泡就好。我印象中老北京人有人喝茶卤，就是用小茶壶沏茶，沏三分或一半后闷着，这种茶便叫茶卤。等要喝的时候，在茶卤里加上开水，这讲究喝个烫嘴的，意思就是喝茶，水必须得烫！不烫不行，最腻味温暾水，拿起来一口喝下去不烫嘴，马上就吐，不往下咽，说这个是温暾水。现在有个口头语，说某个人不成，温温暾暾的，其实跟这水的意思是一样的。

　　还有一种茶叫"高碎"，就是高档茶叶里剩的碎茶叶，但有人爱喝这个，说这种的"杀口"，但高碎茶有一个问题，不能沏多道，一般都来一大壶，"哗"一大壶沏下去，结结实实地喝，这茶也叫"满天星"，高碎没有续茶的，那得再沏了。

　　茶中有大文章可做，每天喝杯茶，清心明目，是个开心的事。

17

陈世美：
千古渣男标签『撕是不撕』？

跟朋友聊天，有一个兄弟问我，说："我们家开了一个生意，您能给我介绍一个人吗？"

我问："介绍什么人啊？"

"您给我介绍一个起名字的人。"

"我也不认识什么起名字的人啊。"

"不对，您看德云社这名字多好，谁给起的这个名字，您把他介绍给我。我们准备开公司干生意，也请他来帮个忙。"

我说那你太难为我了，我这不像你想象中的那样，还去找个人起个名字什么的，没这么复杂，"德云社"这个名字很简单，因为我的名字里带个"德"，我徒弟名字里带个"云"，所以就叫德云社了，我也没去找别人。

这一说，他就乐了，说我还以为你们找高人给看过呢，起这个名字能火。我说当时我们就是一个很普通的相声小社团，就是喜欢这门艺术，当年是真没指着它如何如何。因为你若真指着它升官发财有名望，估计也就成不了。

　　还有人问，郭德纲的艺名叫郭德纲，他本名呢？我本名也叫郭德纲，我们家祖籍山西，当然说的是明朝的时候了，后来从山西汾阳迁出来，我们这一支落到天津这儿了，"德"字也是我们家谱里传到我这辈，赶上叫"德"了。这个"德"字构成也特别有意义，您记住了，凡是中国字里带着"双立人"偏旁的其实都是表示一种"进行中"的意思，"德"表意又表声，从会意的角度说，"从直从心，直心为德"。

　　"德"字除了主体上对自己各方面的规范要求，还有如何对待别人的胸怀修养，这就是咱们总说的"有容乃大"。孔圣人有句话："己所不欲，勿施于人。"可以说，"德"是中国人很看重的一个字，我很荣幸，名字里占了这么一个字。

　　还有郭德纲的"纲"字，左边一个绞丝旁，右边也可当渔网讲。什么叫"纲"呢？中国古代有纲常，"纲"是主体，是根本；"常"是固定不变，是正常的状态和秩序。您看"纲"左边一个绞丝旁，右边是一个"冈"字，其实就是个渔网，意思是不能大把抓，它有一根绳子，"纲"的本义便是渔网的总绳。若网在纲，有条而不紊。撒网逮鱼时，最后这根总绳得抓住。包括咱们骑马拉牲口，都有一个"纲绳"，人都说叫缰绳，实际上应该叫纲绳。有个东西搁到马或骡子嘴里，叫嚼子，控制马或骡子，不让它咬东西，让它听话，同时有个绳子弄出来，在手里攥着，这条打嘴上拉出来的绳子，控制它的命脉，这叫"纲"，只有吃东西时才把牲口的嚼子撤下来。控制它的便叫"纲"，控制它往左走往右走。

　　纲常一般又说"三纲五常"。还有"五伦"，"伦"是秩序，也可以说是类别，"五伦"是五种不同的人跟人之间的关系，君臣之间注重的是义，父子之间注重的是亲，夫妻之间注重的是有别。再是亲属之间、朋友之间，还得有信。同时还强调长幼有序。

说这么多，其实是说名字很重要，名字起好了甚至能决定一个人的一生，我们也知道很多港台的大明星，一查他们的原名，大伙就乐了，原来的名字怎么听都不像是大明星。

有时候，名字其实就是一个符号，比如咱们今天要聊的这个话题，有一个名字已经成为代名词了，什么呢？陈世美！

不管现实生活，还是影视剧，哪个男的要是对不起媳妇了，就有人说，这个人是"陈世美"，杀千刀的陈世美，缺德的陈世美。也就是说，"陈世美"这三个字已经成了负心汉的代名词了。

"陈世美"这个名字和这个人物最早出自《包公案》，在《三侠五义》的故事里又完善了一下，最后在中国戏曲的舞台上表现出来，便是《铡美案》，也有的叫《秦香莲》。

《三侠五义》这本书大家很熟悉，作者是清代著名评话大家石玉昆。这本书的文学地位相当高，是古典长篇侠义公案小说的经典之作，也能说是中国武侠小说的开山鼻祖，您就说这本书的影响得有多大吧！

故事很简单，主要是写北宋仁宗年间，包拯，就是开封府的包大人，在众位侠义之士的帮助下，审奇案、平冤狱，以及除暴安良、行侠仗义的故事。书中穿插了大量侠客们路见不平、拔刀相助的正义行为，这就是"侠之大者，为国为民"。

这本书的核心人物、男一号就是包大人，平反冤狱，为民做主。舞台上为什么会出现包公这样的形象呢？其实就是因为老百姓需要一个清官，比如我们都知道的"狸猫换太子""牛舌案""乌盆案""铡包勉""铡判官""智斩鲁斋郎"等，都是包公断的案子，这里面有一个案子，就是"铡美案"。

一说起这个案子，一般爱听戏的人没有不知道的。

"驸马爷近前看端详。上写着秦香莲三十二岁，状告当朝驸马郎，欺君王，藐皇上。悔婚男儿招东床，杀妻灭子良心丧，逼死韩琪在庙堂。"

这个故事在京剧、评剧、河北梆子、豫剧、晋剧、川剧、秦腔、粤剧，几乎所有数得上来的地方戏曲中都出现过，只是剧目名字不尽相同。如果这出戏中花脸戏份重，唱花脸的演员知名度高，这出戏一般就叫作《铡美案》；如果这出戏中青衣的戏份重，知名度高、腕儿大，这出戏就叫作《秦香莲》；在海派戏剧中，经常被叫作《包公铡驸马》。

虽然名字叫什么的都有，但故事却是同一个故事：有个叫陈世美的，家里挺穷，有个媳妇叫秦香莲，两人过得不错，生了一儿一女。到后来，陈世美进京赶考，文采出众，一下中了状元，皇上把他招为驸马，这秦香莲在家里等着，左等右等等不到人。公婆也先后去世，因为当地天气不好，收成不好，再加上二老思子成疾，最后死了。秦香莲便埋葬了公婆，带着一儿一女进京寻夫，来了之后，陈世美却不认，不但不认，还派家将韩琪半夜追杀他们。韩琪知道整个事情后，心里难过，不忍下手，只好自尽以求义，秦香莲反被诬陷成了凶手，被抓了起来。

在陈世美的授意下，秦香莲被发配边疆，途中官差奉命要杀死她，幸好遇见一个好人，就是《三侠五义》中的南侠展昭救了她。展昭对这事不满，到处寻找人证，为秦香莲打抱不平。结果发现，人证也被人杀了，中间又经过各种复杂的过程，包拯才找到人证物证，欲定驸马之罪，公主与太后皆来阻挡，但最终包拯还是将陈世美送上龙头铡。

当然，这故事比较复杂，因为有的剧种还有秦香莲临死之前被神仙用风刮走了，刮走之后上山学艺，最后以武将的身份出来挂帅出征，回来审问陈世美，这叫"女审"，好像淮剧里是这么唱的。故事还没完，多年后还有《秦香莲后传》，在皇宫又见到秦香莲，秦香莲为了孩子的婚事又有各种纠葛，包公再出现已经是白胡子了，年岁已大。

不管故事怎么说，陈世美千百年来就被当成一个负心人，不过，也有人说了："抛开戏剧不谈，陈世美这个人物是被冤枉的！"

陈世美是被冤枉的吗？

关于陈世美的故事，在各地戏曲中广为流传，大家就此各种考证，各有各的说法。

历史上确实有这么个人，但不叫"陈世美"，叫"陈熟美"。这人是清朝的一个官员，均州人，均州就是现在的丹江口市。陈熟美清初的时候到北京上学，顺治八年（1651年）考中进士，后来做了知县，得到了康熙的赏识，一路高升，升为贵州省思仁道道员，兼布政使司参政。

在这些记载中，陈世美的原型都被锁定为顺治年间的进士陈熟美，他还有个名字叫陈年谷。当地民间传说以及 1992 年在丹江口市发现的有关陈熟美的碑文记载均表明，陈熟美是一个好官，为官清廉，刚直不阿，体察民情，与戏剧形象相反。这个人清得不能再清了，据传说，他跟自己的管家说："除非是我告诉你，明天有谁要来拜访我，你才可以放他进来；其他任何人来拜访我，只要我没提前通知你，你一律都要挡回去。"

他刚跟管家说完这个要求，第二天就出问题了。他有个同窗好友来拜访他，这个人姓胡，叫胡梦蝶，两人当年一起学习，交情很深厚，胡梦蝶想着过来看看老同学。谁知他这大老远来一趟，陈熟美也不知道啊，管家就把他挡回去了，胡梦蝶心里恨得慌，想着我当年对你不错，你现在怎么这么对我呢？

回去的路上，胡梦蝶看到有戏班子唱戏，这戏便是《琵琶记》，《琵琶记》是我国古代戏曲史上一出著名的悲剧，创作于元代，说的是河南书生蔡邕辞别父母和妻子，进京赶考。经过几番应试，终于高中状元。此后，又被牛丞相看中，成了相爷的爱婿。蔡邕只顾贪图荣华富贵，把媳妇和父母全忘了。后来家乡遭了大旱，父母双亡，妻子赵五娘生活无着落，只有怀抱琵琶沿街卖唱，乞讨要饭。后来终于见到蔡邕，但蔡邕不愿相认，憋着坏想把媳妇弄死。

胡梦蝶看完这个戏后就把这个戏改了，把怨气发泄出来了。他把戏中忘恩负义的男主人公换成了陈世美（陈熟美），女主人公则换成了秦香莲，编造了一出他认为赛过《琵琶记》的新戏，所以后来叫《赛琵琶》，又名《秦香莲抱琵琶》。两出戏的内容差不多，只是把名字换了一下，还把陈世美说成了驸马。改编后的《琵琶记》在河南、陕西、湖北一带不断传演，还真引起了观众的同情和共鸣。

又有人问了，包大人可是宋朝的官，这清朝的事怎么出现在宋朝了呢？这是因为在演戏的时候，戏班子先安排演了一出《秦香莲抱琵琶》，后面再演一出《陈州放粮》，《陈州放粮》的故事就是"包公斩国舅"，铁面无私！扮演包公的角儿就站在后台，等着前边这出戏演完了，自己好上场演。可这个时候，韩琪死了，躺在那儿了，秦香莲娘仁一哭，大戏一落幕，这戏就演完了。

底下的观众可不干了！多可怜的秦香莲，多了不起的义士韩琪！大家觉得陈世美应该恶人有恶报啊！怎么演完了？就没他什么事了？底下的观众很生气，开始闹，这底下一闹，戏班收不了场了，怎么办呢？有人就出主意，下一场不是"包公斩国舅"吗？咱们让包公别忙着斩国舅，先把这陈世美斩了吧！戏班班主一看，也没有更好的办法了，再者他也奔着想挣点钱，就到后台跟"包公"商量，大家先把"陈世美"凑合着斩了吧。于是"包公"就上台，把陈世美的扮演者押解上来斩了，底下的观众看到此处，一下就解气了！

戏院老板也非常满意，恶有恶报、善有善报，结局很好，票房也不错。那就这么定了，今后就这么演！就这么着，大家把陈世美这戏生生地给搬到宋朝去了。

《琵琶记》就这样一步步演变成了《铡美案》。

对这个传说，还有几个可以作为佐证的事件。据说陈熟美的家乡均州城从来不演《铡美案》。相传清末一个河南剧团到均州演出此戏时，陈熟美的一个后人看了，气得当场吐血，陈熟美第八代孙还组织家族众人，当场砸了该剧团的衣箱，并殴打演员，致死伤数人，演出被迫停止。

陈年谷的第十代孙陈吉棋生活在武汉。晚年的陈吉棋大概说过这样的话："小的时候我见过我家的神龛上供奉的祖宗牌位上有陈一奇、陈年谷。那时父亲说，在我祖父年轻的时候，河南有个剧团到我们县来演《铡美案》，祖父四兄弟邀约了些亲朋好友，到剧场砸了戏箱，打了演员，把剧团撵出了均州县，这出戏在我们县再没有演出过。"

　　古时候文人之间很少直呼其名，一般都以字号相称。所以陈熟美应该是同窗好友对陈年谷的日常称呼，而陈熟美和陈世美仅一字之差罢了。至于秦香莲，她的原型真名叫秦馨莲，是陈熟美的第二个妻子。

　　反正姑妄言之姑妄听之，有人说陈世美没有被冤枉，就是负心汉；有人说陈世美就是好人……说什么的都有。不过您也别太钻牛角尖，反正这些说法也都是人们从野史当中推测出来的，甭管哪个真哪个假，反正有一出好戏看，我觉得比什么都强。

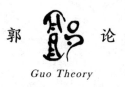

郭 論

Guo Theory

18

大宋人民的现代化生活

对我们说书、说相声的人来说，历史是非常重要的，比如你说个《水浒传》，你不了解宋朝历史，那说的基本也都是假的。虽然说艺术大多是假的，但"玩意是假，力气是真"。什么叫"力气"，就是你得下功夫去研究、去琢磨。

陈寅恪先生说："华夏民族之文化，历数千载之演进，造极于赵宋之世。"今天大多数历史学家都相信，大约在11世纪发生了一场"唐宋变革"，中国历史从"中世纪的黄昏"转入"近代的拂晓"时刻。宋朝人过着"宋瓷一样精致的生活"，当时的社会、经济、科技、法政均达到了相当高的文明程度，接近于现代。

宋朝常常被认为是中华文明的巅峰时期。世界上许多主流学者甚至断定，宋代是中国近代化的开端。中国最早的城市化就发生在宋代，最典型的特征是大量的技术发明得到应用，工商业突飞猛进，城市经济日益发达，大量人口脱离农业，进入各种商业市镇。从数量来说，城市越来越多，城市人口出现大幅度的增长。那么，随着城市的快速发展，必然要引出一个问题：拆迁。没错，宋朝也有拆迁。

作为商品经济比较活跃、城市化比较迅速的宋朝，坊市制所代表的严厉管制已经失效，商业的力量引导着人们往热闹的地方会聚，竞相开设商铺、侵占街道，各种"违章建筑"层出不穷，在当时，这叫作"侵街"。

宋政府"搞拆迁"的做法可圈可点。首先，对侵街的权贵不手软。权贵掌握着权力资源，北宋初期，一说开始发展了，这条街以后卖服装，那条街以后开饭馆，这两条街是夜市……权贵们一听这个，首先把地儿占上。比如，当年宋朝有个八作使（相当于城建局局长）段仁海在家门前修筑了一道垣墙，侵占景阳门街，结果怎样呢？史书上记载：宋太宗大怒，"令毁之，仁海决杖"。意思就是皇上让拆了，对段仁海处以杖刑，所以说当时的宋朝廷很有作为。

其次，对侵街的升斗小民，宋政府一般能够考虑到他们为生不易，而顾全他们的生计。如元祐五年（1090年），给事中范祖禹上书宋哲宗，说，虽然"百姓多侵街盖屋，毁之不敢有怨"，但"有司毁拆屋舍太过，居民不无失所"，所以，他请求皇帝下旨，"除大段窄隘处量加撤去外，无令过当拆屋"。就是说当时的老百姓确实有不少私搭乱盖的现象，很正常。即使拆了他们也不敢有什么怨言，毕竟他们侵街了。但是政府拆得太过了，老百姓也没法活，所以求皇上下圣旨，除了一些特别必要的地方拆除，其他的地方别那么过分。

对皇城扩建、皇帝出巡可能导致的拆迁，宋代君主表现得比较克制。如雍熙三年（986年），宋太宗"欲广宫城，诏殿前指挥使刘延翰等经度之，以居民多不欲徙，遂罢"。皇上想扩建皇宫了，于是让刘延翰去外面量量，刘延翰去外面量地，跟百姓说让挪地。结果老百姓大多不愿意搬。皇上一看不愿意搬那就不盖了吧，这能做到皇权让步。

还有一位宋仁宗，他"车驾行幸"，当时街道狭窄，按正常思维，皇上从这儿过，你这小商小贩的算什么，拆了呗，但宋仁宗没有下令拆迁、封路什么的，而是简化了仪式，意思就是既然车过不去，那就少来点人吧，咱们悄悄过去，别给老百姓添麻烦。在等级森严的皇权时代，这是不可想象的事，请记住这位可爱的皇上，他叫宋仁宗。传说宋仁宗死的时候，消息传到番邦，不少外国的王子都哭得不行。可以说，宋仁宗担得起"仁义"两个字。

到了北宋元丰六年，也就是1083年，开封又搞了一次拆迁，开封城要向外拓展，需占用120户民房。为此，开封府起草了中国第一部"拆迁补偿条例"。宋神宗签字批准，条例规定政府对拆迁户要有实物的安置和货币补偿。史书上记载，经过与拆迁户的协商，120家拆迁户获得了20600贯的补偿，平均每户领到171贯。

到北宋中后期，宋政府对市民的侵街建筑，也很少有"过当拆屋"的行为。这意味着，北宋政府已经承认既成事实，在自发生长的市民社会面前，克制住权力的冲动。《清明上河图》所展现的繁荣景象，就是这样形成的。

城市，越来越热闹，吃住等方方面面的资源都非常好，我们通过某些细小的地方也能考验城市治理的智慧。我们说一个重要的地方，就是汴京城这么多老百姓总得用水啊。

汴京的居民用水，主要取自穿城而过的河渠。大中祥符初年（1008年），宋政府"决金水河为渠,自天波门并皇城至乾元门,历天街,东转缭太庙,皆甃以礱甓,树之芳木,车马所度,又累石为梁。间作方井,宫寺民舍皆得汲用。复东引,由城下水窦入于濠。京师便之"。意思就是用金水河的水。

当时杭州的居民用水,主要取自西湖。苏东坡治理杭州的时候,想了很多办法,让老百姓用水方便。

除了河水,居民用水也用井水。汴京政府也在城内开凿水井,供市民取水饮用。除了官井,还有私井。当年老北京和天津有很多私井,这口井是谁家的,你上人家水井里打水还得给人家钱,人家指着这口水井吃饭呢。

除了井水河水,两宋的城市还出现了商品化的供水服务,这些"打水者"以卖水为职业,并划定了各自的服务区域。当时水价极便宜,一担水才需几文钱。

开篇咱们说宋朝人民的现代化生活,但咱们这些生活在现代的人一说用水都是自来水,咱们的供水系统很发达。难不成宋代的城市也有"自来水"吗?

最早建成"自来水网络"的城市应该是唐代的白帝城,有杜甫的《引水》诗为证:"月峡瞿塘云作顶,乱石峥嵘俗无井。云安沽水奴仆悲,鱼复移居心力省。白帝城西万竹蟠,接筒引水喉不干。人生留滞生理难,斗水何直百忧宽?"瞿塘峡山石坚硬,无法打井,人们便以成千上万的竹筒连接成一个引水网络,将城西的长江水引入城内。这种"接筒引水"的技术流传至宋代。

北宋绍圣年间,苏轼被贬岭南惠州,听人说起广州"一城人好饮碱苦水,春夏疾疫时,所损多矣。惟官员及有力者,得饮刘王山井水,贫下何由得"。广州知州王敏仲正好是苏轼的朋友，苏轼便给他写信，提了一个建议：城外蒲涧山（白云山）有泉，可在"岩下作大石槽，以五管大竹续处，以麻缠漆涂之，随地高下，直入城中。又为一大石槽以受之。又以五管分引，散流城中，为小石槽，以便汲者"。这个供水网络，跟白帝城的"万竹蟠"一样，有点像今天的自来水管道。

苏轼还做了一个预算：建成这个供水网，"不过用大竹万余竿，及二十里间，用葵茅苫盖，大约不过费数百千可成"。他又建议，政府可以在循州购置一部分良田放租，作为养护供水网的基金："令岁可得租课五七千者，令岁买大筋竹万竿，作筏下广州，以备不住抽换。"还可以在广州城中建一批公租房，"日掠二百"贯房租，"以备抽换之费"，并"专差兵匠数人，巡觑修葺"。大伙看看，苏轼这个方案，设计得多周全，多具操作性！

知州王敏仲听从苏轼提议，真的将这个供水系统给建起来了。苏轼很高兴，又给王敏仲写了一封信，捎去一个更细致的建议："闻遂作管引蒲涧水，甚善。每竿上，须钻一小眼，如绿豆大，以小竹针塞之，以验通塞。道远，日久，无不塞之理。若无以验之，则一竿之塞，辄累百竿矣。仍愿公擘画少钱，令岁入五十余竿竹，不住抽换，永不废。"

如果居民再从家中铺设管道，接通苏轼设计的供水网络，或者连接其他水源，那么这个供水系统就非常接近于近代城市出现的自来水系统了。宋人是不是已经这么做了呢？

是的。王桢《农书》介绍了一种叫作"连筒"的供水设置："凡所居相离水泉颇远，不便汲用，乃取大竹，内通其节，令本末相续，连延不断，搁之平地，或架越涧谷，引水而至。又能激而高起数尺，注之池沼及庖湢之间。"意思就是水源离得比较远，便拿大竹子打通，连好了连绵不断，能够连到家里来，直接接到厨房，还有的接到浴室。这就是北宋的自来水了。

这也体现了宋朝百姓小资的生活，随着城市化进程加快，人民的生活水平也有了很大的提高。关于生活上的追求，咱们下期再聊。

郭 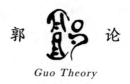 论

Guo Theory

19

宋朝百姓的『小资生活』：宋人度闲余——『逛吃，夜嗨，吸猫』

随着宋朝城市化进程加快，老百姓的生活水平也在大幅度提高。

有一幅画大家都见过——《清明上河图》，这画的热闹，给研究北宋历史提供了很翔实的资料，其实这也说明了那时的生活水平。我们之前也聊过，说北宋时期，人们生活追求个"小资"。

首先说吃，吃很重要。《东京梦华录》里提到一百多家店铺，其中酒楼和各种饮食店面占了半数以上。《清明上河图》描绘了一百余栋楼宇房屋，其中可以明确认出是餐饮业的店铺有四五十家，也差不多接近半数。《武林旧事》《都城纪胜》《梦粱录》也收录了很多临安的饮食店与美食名单。

有一个名词，叫夜市。夜市现在大家都熟悉，很多城市都有，到了晚上，大家吃啊，喝啊，玩啊，到处逛一逛，吃个小龙虾、烤串什么的。

那么夜市最早出现是什么时候呢？应该是在唐朝，唐朝就出现了夜市。但是统治者明令允许经营夜市，是开始于北宋时期的东京（今河南开封市）城内。要是那会儿有卫星地图，你就会发现，天黑了，全世界都是黑的，只有大宋境内的城市还是灯火明亮。

那时东京汴梁的饭店层次多样，有高档次的，也有卖力气的人所需要的大排档，专卖家常饭食。比如：撺肉羹、骨头羹、蹄子清羹、鱼辣羹、鸡羹、耍鱼辣羹、猪大骨清羹、杂合羹、南北羹，兼卖蝴蝶面，及有煎肉、煎肝、冻鱼、冻鳖、冻肉、煎鸭子、煎鲚鱼、醋鳘等下饭。更有专卖血脏面、齑肉菜面、笋淘面、素骨头面、麸笋素羹饭的。又有卖菜羹的饭店，兼卖煎豆腐、煎鱼、煎鳘、烧菜、煎茄子……什么都有，那叫一个物美价廉。

说到这些美食，我想起当年我们说书，评书里有一个《三侠五义》的故事，里面有一个人对食物可是相当地讲究和挑剔。他是谁呢？可能爱听评书的人都听过，《三侠五义》中出现过一个侠士角色——锦毛鼠白玉堂。我们总说"五鼠闹东京"，他就是五鼠之一的"锦毛鼠白玉堂"。

其中有一段故事，白玉堂去东京路上"三吃鱼"，我们也叫"三试颜查散"，在武侠小说里探讨美食，也就是白玉堂了。其中有个过程是关于吃鱼的，"三吃鱼"就是吃三次鱼。按五爷的话来说："鲤鱼不过一斤的叫作'拐子'，过了一斤的才是鲤鱼。不独要活的，还要尾巴像那胭脂瓣儿相似，那才是新鲜的呢。"

这个"鲤鱼不过一斤的叫作拐子"，天津人一直这么说，这些年我去过的城市也不少，好像也就天津人买鲤鱼不叫买鲤鱼，叫"买拐子"。

有了鲤鱼，还要用香蕈、口蘑、紫菜等作料，再加上那青笋尖儿上头的尖儿，切成条儿，一吃到嘴里，咯吱咯吱的才好。再配上一坛十年陈酿的女贞陈绍黄酒，白玉堂要求了："吾要那金红颜色浓浓香，倒了碗内要挂碗，犹如琥珀一般。"十年陈酿，颜色金红，倒在碗里得挂碗。什么叫"挂碗"呢？也叫

"挂杯"，这酒倒进碗里，你拿起来往旁边一歪，刚才沾了酒的碗边还要有酒，这就叫"挂碗"，还得像琥珀一般。

凉菜要有个佛手疙瘩，据说佛手是金华的特产，每年秋天的时候，很多人都爱从金华买佛手，摆在家里，喷喷香！我是最爱佛手，每年秋天，我就在书房里弄个十盆八盆的，一开门，一股清香，屋里屋外，到处都是。佛手摘下来之后晾成干儿，搁在小盘子里，有的供佛，有的放在书案上摆着，文房清供嘛。晾佛手必须得通风，就怕不通风，有些时候就长白毛了，有个词叫"长醭"了，就是长白毛，一长全长，而且传得很厉害。

反正这就是佛手，金华特产。

白玉堂要一道佛手疙瘩当凉菜，坐等着吃活鱼。主食要有"蒸食双落"，五爷喜欢拿它泡鱼汤吃。您说这主儿平时得品尝过多少美味，嘴才能这么刁？因为这白玉堂是武林中人，本来就很有钱，吃喝穿戴都讲究锦衣玉食啊，所以说他对生活有追求。

咱们刚刚说了宋朝老百姓吃的大排档，其实宋朝也有豪华的饭店。饭店是不同的人去不同的地方，但是我发现一个问题，这些年我总出门演出，到了国外发现他们没有国内这么讲究，无论多大的国家，多繁华的大都市，吃饭也没有包间一说，甚至有的国家，比如英、法，就在马路边上坐着也成。咱们国内比较讲究这个，为了私密性什么的。

宋朝时高大上的豪华饭店，在门口搭了一个山棚，上面挂半扇猪、半扇羊之类的，所有的门面都装饰得五彩斑斓，这叫"欢门"。店里还有院子、东西游廊等。

客人往这儿一坐，服务特别周到。而且一会儿的工夫，店小二就来了，左手拿着三个碗，右手至肩叠了二十多个碗，从手到胳膊全是碗，到桌上便放下。过去老北京饭店也有这个，那伙计一上菜就上一胳膊菜，摞着根本不倒，很厉害！

关键这种饭店很尊重客官，拿客官当神仙一样看待，而且饭店伙计服务不周到，客人一投诉，老板当时就得骂，有资料记载："一有差错，坐客白之主人，必加叱骂，或罚工价，甚者逐之。"意思就是一有差错，吃饭的人告诉饭店的主人，骂或者罚钱，最厉害的就是："你别干了，走吧。"其实，到后来，老北京、老天津的很多饭店还有这个习俗，也是一个章程。

吃饭的客人来了，不满意，饭不好吃，服务态度不好，就把老板叫来："老板，你看见了吧，伙计不听话，服务态度不好。"如果面对的是同人，老板便给伙计一个大嘴巴子，如果还不行的话，一会儿工夫，告诉伙计让他滚蛋。待会儿便来另一个伙计，把您这屋的门帘挑起来让您看看，那个伙计扛着铺盖卷打这门口过去走了。服务态度不周到，让他滚蛋，当然，一会儿过来上菜的还是这个伙计，怎么回事呢？其实就是想让客人知道饭店很尊重他们。

但是伙计呢，也得吃饭，不能真赶走。

这都快成为一个仪式了，不过也挺有意思的。现在社会很发达，很多事情非常便利，比如叫外卖。很多人不会做饭，也不爱做饭，那吃饭怎么办呢？得了，叫个外卖吧，一会儿工夫，外卖小哥来了，很方便。

但是外卖这个业务并不是现代的专利，宋朝就有外卖了，这个汴梁城餐饮业很发达，到处都是卖吃的，很多宋朝的"白领"或商人也不习惯在家做饭，怎么办呢？也是下馆子吃，或者叫外卖。咱们看《清明上河图》上还画了一个伙计，不知道是哪家的，送外卖。这很正常，尤其是饭店送外卖的居多。包括那些年旧社会很多卖烤鸭的地方，要整只的，给您送家去，来一扁担挑着那鸭子，或者拿食盒拎着。

咱们最开始的时候聊的是夜市，还得绕回来说。如果说古代和现代生活的区别，应该是对黑夜的开发上，最早咱们没有电也没有灯，没有电视，更没有《郭论》可以听，也不能上德云社看相声，老百姓怎么办？睡觉呗。那还能干什么呢？尤其是唐朝及以前，实行宵禁制度。只有元宵节有三天，这叫放夜，元宵节这三天可以出去看看花灯。有时候，元宵节这三天还容易出事，咱们看那个京剧《铡判官》不就是吗？正月十五，大放花灯，然后就出事了，有坏人也在里面，天黑好办活儿啊。

一直到宋朝，宵禁的制度才被突破。城市中彻夜灯火通明，人们过着五彩斑斓的夜生活。咱们可以这么说，社会中繁华的夜生活，是从北宋开始的。

在北宋汴梁，夜市得到三更天才收工。什么时候开工呢？五更又开始了，所以几乎等于通宵不绝啊，这个很厉害，还有一句话："冬月虽大风雪阴雨，亦有夜市。"冬天刮大风下大雪，什么天气都有夜市。包括南宋的临安，夜生活也是很丰富的，有记载说："杭城大街买卖昼夜不绝，夜交三四鼓，游人始稀，五更钟鸣，卖早市者又开店矣。"就是三四更天的时候，游人们才陆续地少一些，三四鼓的时候，游人刚走，五更天明，卖早点的又来了。就是从凌晨三四点钟一直持续到十一点，真是很热闹。

逛街的、购物的，走累了玩累了，随便找个地儿一坐，吃点东西，喝点饮料。除了咱们说的大酒楼、大茶坊，夜市上还有很多饮食的小摊位，好些个菜，好些个吃食，到现在咱们都见不着了，也不知道当年是怎么吃的。有的食物听到名字也觉得很奇怪，有的知道，但怎么吃就弄不清楚了。这得等美食专家或者专业的吃货去研究研究。反正那会儿就是金吾（古时负责宵禁的官员）不禁。

宋朝的女性在这点上我觉得她们会很开心，因为不像其他的朝代，女性都大门不出，二门不迈，哪儿都不能去，宋朝不是，宋朝的女性是可以享受夜生活的。咱们看《东京梦华录》不就写了吗？说汴梁的潘楼东街巷，"街北山子茶铺，内有仙洞仙桥，仕女往往夜游，吃茶于彼"。意思是大姑娘小媳妇晚上出来遛弯儿，在这儿喝茶。

宋人的夜生活当然不仅仅是逛街、购物与吃喝，它其实也是一种夜市文化，瓦舍勾栏里有各种文娱表演，包括外面算卦的，《梦粱录》说："大街更有夜市卖卦：蒋星堂、玉莲相、花字青、霄三命、玉壶五星、草窗五星、沈南天五星、简堂石鼓、野庵五星、泰来星、鉴三命。"你看，这里列的都是当年那些有名的算卦人。还有名叫"时运来时，买庄田，娶老婆"的卖卦者。有在新街融和坊卖卦，名叫"桃花三月放"的。意思就是在新街融和坊算卦的人给自己起名叫"桃花三月放"。起这些名字无非就是打一些广告，比如什么"五星""三命""时运来时，买庄田，娶老婆"之类的，跟现在的广告词差不多。

宋朝老百姓的夜生活丰富热闹，据说都能让皇宫的人羡慕。资料记载，有一天深夜，宋仁宗在宫里待着，突然听到丝竹歌笑之声，就问："此何处作乐？"哪儿能这么热闹呢？宫里人就说了："此民间酒楼作乐处。"意思是您听这声音这么热闹，这是外面老百姓在喝酒玩乐呢。一些宫女太监接着说："官家且听，外间如此快活，都不似我宫中如此冷冷落落也。"意思就是让皇上听听，外面多热闹，看看咱们这里多冷清啊。

宋仁宗说了一句话，我觉得让人很是感慨。宋仁宗说："你知道吗？就是因为咱们这里这么冷落，外面才那么快乐，我要是跟他们一样，他们就冷落了。"

老百姓的喧哗把皇宫衬托得冷冷清清，这是前所未有的事情，在后来的朝代也很少听说这样的事情。后来北宋灭亡之后，有诗人回忆北宋的夜生活，写了这么几句话："梁园歌舞足风流，美酒如刀解断愁。忆得少年多乐事，夜深灯火上樊楼。"国破山河在，城春草木深。昔日的繁华，今日的苍凉，让诗人感慨万千。

当然了，宋朝大街上不止老百姓这些吃的、喝的、玩的、热闹的，那会儿您想不到！那会儿宋朝流行什么呢？——养个宠物猫、宠物狗什么的。

古人最早养猫是为了逮耗子，养狗是为了看家，但是当宠物养的时间并不是很久。宋朝那会儿，愿意养猫养狗。明代笔记中也有记载，讲的是秦桧有一个孙女养了一只狮子猫的故事。这孩子大概六七岁，养的一只狮子猫后来死了。怎么办呢？还得再找一个，结果这个养着养着又丢了，丢了就找吧，怎么找呢？让临安府给找，逮捕了好几百人，逮了好几百只猫，都不对，又画像，到处酒楼饭馆地找，也没有。

你看为了一只宠物猫，临安府都帮着找。当然了，能看出秦桧家里权势滔天，有势力。但是一下能找到好几百只狮子猫，也能看出宋朝临安城那会儿养宠物猫的人家有不少。

这就是一说一乐，聊一聊，看一看宋朝人那时的生活，当然还有很多关于宋朝时期的事情，一时半会儿说不完，咱们有机会慢慢再聊。

20

叶天士：我的一生只想救人，
不想当『神』

我讲了那么多皇帝、妃子、大臣的故事，今天咱们要说的这人哪，他跟皇宫也脱离不了关系，而且还是一个宫斗剧里最不能缺少的角色，那么是个什么身份呢？他是一个御医。

今天咱们就讲讲著名的神医——叶天士。前段时间特别火的宫斗剧里，把御医写得特别神，民间神医什么病都能治，皇帝、嫔妃也都最信任他的医术。随着电视剧里的角色火了，这个人物的原型也引起很多人的议论，有人就找史料，其中就有人提到了让咱们讲一下御医的真实人物故事。其实关于叶天士，真有很多可以讲的故事，今天，咱们就聊聊神医叶天士的传奇行医路。

叶天士本名叫叶桂，天士是他的字，他是清朝康熙年间的人，不是乾隆年间的，这跟电视剧里不一样。

叶天士有个不得了的称号——古代十大神医之一，也就是明清时期唯一入选十大神医的人。其他的神医都有谁呢？咱们都知道的，华佗、张仲景，叶天士是和他们齐名的。很多人好像还没听过叶天士的名字，但是历史上的叶天士，他创造的一个很出名的药方，一直到今天还用。哪个药方呢？有时候我们要是闹嗓子疼，会买一种东西，叫川贝枇杷膏。

川贝枇杷膏有一个故事，当时有个县令，叫杨谨。杨大人的母亲，老咳嗽也不好，杨大人急坏了，就找这位叶天士，说求您了，说您医术高明，有没有药方能救救我母亲？

叶天士也挺感动，杨大人孝顺啊，古代人非常注重孝这个品质，百善孝为先嘛，有孝心的人都会受到别人的尊敬，所以一看杨谨这么虔诚，叶天士就把枇杷膏的药方给了杨谨，治好了他母亲的病。后来为了造福更多人，也为了感恩叶天士，杨谨就把这个枇杷膏命名为"念慈庵"，督促后人无论什么时候都别忘了孝敬父母这个传统美德。

叶天士行医济世一生，靠自己精湛的医术治好了很多人。很多人把他称为"天医星"，说他是天上的星星，专门给人治病的。那他是怎么走上行医道路的呢？其实跟他的家庭有很大的关系。叶天士的祖父就是医者，到他爸爸这辈也是行医，可以说他们家是世代行医的家庭。

过去都讲究个继承，家里是干什么的，那就一辈一辈传。家里唱戏，孩子就唱戏；家里说相声的，后边也就说相声。尤其是男孩，继承家里祖辈传下来的职业，这叫子承父业。

叶天士在十二岁的时候就开始跟随父亲学医，很可惜，在他十四岁的时候，父亲就去世了。所以说，等于他跟他爸爸就学了两年。父亲这一走，最要紧的就是家里没有经济来源了。没钱了，这要怎么活着呢？于是他就开始行走江湖，行医问诊。开始的时候，只能接待一些病情简单的病人，赚点生活费，刚学两年学术不精，行医应诊，万一给人治坏了呢，也有损祖父和父亲的名誉。所以虽然给人看病，但他也同时继续学医。医学是一门博大精深的学问，得找老师，他父亲有一个门生，姓朱，朱先生。叶天士说，拜他得了，跟他学，继续钻研医术。叶天士天赋很好，又聪明，一点就通，加上自个儿勤奋好学，虚心地向师父请教，不骄不躁，学了这么几年之后，慢慢地，他的医术见解就超过了这位朱师父。

　　你要说这个拜师学习，叶天士可以说是当仁不让地"好为人徒"，一般人都是"好为人师"，但他没有，他这一生，能够成为神医，关键就是他坚守"三人行必有我师"的古训，很好学。只要是遇见比自己高明的医生，叶天士都愿意给人家当学生，拜他为师。这种品德，现在真的是很值得我们学习。到后来，叶天士名气大了，也没表现得多么骄傲自满。但凡听见谁有专长，擅长治什么病，马上跑去拜师，从十二岁到十八岁，叶天士先后拜过的名医有十七人，所以说他一辈子一直在学习的道路上。怪不得后人说他"师门深广"啊。在叶天士拜过的老师里，有一个和尚，这位不是当时知名的医生，但是叶天士为了跟他学医术，费了不少劲。这个时候，叶天士已经小有名气了，因为给康熙皇上治好了瘩背，这个病，宫里面御医都说没辙。瘩背疮啊，我这么一说，各位一听，千万别去上网搜这个病，搜完这个病，可千万别去看这个图，我提醒你们了，反正你们随便，后果自负。

　　康熙得这么一病，叶天士给治好了。皇上御笔亲题，给写了个匾："天下第一"。所以他在民间，也算是众人皆知的神医，很多人都慕名前来，找叶天士看病。

　　这天来了一人，有一个江西客人找他看病。叶天士给他一搭脉，觉得他没救了，说你已经没救了，赶快料理后事吧。

　　人就回去了，半年多过去了，这江西客人又回来了，说您再瞧瞧我吧，叶天士想，没死，不光没死，还面色红润神清气爽，不像有病的人。

　　叶天士想，这是我错了，医术不精，对不起，您赶紧坐下吧。

　　他请江西客人上屋里坐下，亲自给人家赔礼道歉，之后问哪位神医治好了这个病，我一定向他求教。

　　江西客人一看这大夫这么虚心，得了我说实话。治病的是谁呢？镇江金山寺的一位长老。好的，叶天士听完就记住了，第二天离了家，乔装改扮，去金山寺拜师，也没透露自个儿的身份，怕跟人一说，人家不收自己。所以呢，他想我得拿病人的身份去见这位长老。可装病人也得有病啊。这怎么办呢？他就把衣服穿得很少，找一个风大的地儿躺下睡觉。一会儿就感冒了，鼻塞、身重、打喷嚏，长老这一瞧，来个病人。赶紧进来吧。接着又问叫什么呀。叶天士说，在下叫桂医，鼻塞身重，头晕眼胀，四肢疲软，您受累给看看吧。长老就给他诊脉："施主无忧，偶感风寒，可以在小寺暂住，吃两剂药，当保无恙。"叶天士心里挺高兴，就住下来了。

　　刚服了一剂药，就觉得病好了一多半，心说这长老身手不凡啊，我一定得拜这位长老为师。第二天上午，他就去找这位长老去了。一聊天，这长老一听，这人有点苏州口音啊。

　　"施主是苏州口音，可认识名医叶天士？"

　　叶天士点点头："曾闻其名，不识其面。小生应试落第，浪迹江湖，愿意服侍您的左右，学一点救民之术，以解救黎民疾苦，不知长老允否？"

叶天士假装说自己是考科举没考上的读书人。这么一说，想跟长老学点能耐，救人济世，为社会做点贡献，长老还挺高兴，落第的才子虚心求教，这答应了。得了，教你呗。

打这儿起，叶天士就住在庙里，一边伺候长老，一边从头学医。

来了病人呢，他就在旁边站着，看长老怎么问病、切脉、开处方，然后琢磨这处方里头的奥妙。如果遇见自己不明白的地儿，就马上问。

长老一瞧，这人挺好学，一高兴，就给他解答，还把自己珍藏的一些孤本、医学的书都给他读。

这一住就住了半年，叶天士医术进步很多。因为他一直说自己叫桂医，所以长老不知道他是叶天士。有一次聊天，两个人就聊到了叶天士，他就借这次机会把误诊的经历向这位长老请教。

长老给他一解释，他当时就明白了，反应过来其中的奥秘，之后继续跟着长老学习。

这一下过了好几年。叶天士觉得长老的医术实在太高明了，自个儿也是时候告诉长老自己的身份了。就说了，说："我是叶天士，想正式拜您为师。"

长老说："这坏了，我哪儿能收你啊。你是皇上御赐，天下第一。"

"不不不，我一定要拜您，您收我为徒吧。"

长老很感动，就正式收了叶天士为徒弟，把自个儿平生所学都教给他。这样呢，叶天士一直在金山寺学医，到长老圆寂的当天，陪着寺里的其他和尚，安葬了长老，才恋恋不舍地带着医术回到苏州。

说完这个，您也就知道了，这个神医，没有白叫的，都是谦虚学来的。

当然了，除了神医，还有皇上御赐的天下第一呢，民间习惯把他叫作"天医星"，意思就是天上的医仙下凡来济世救人。这个称号其实还有个故事。

相传江西有个姓张的道士，他有一次来苏州的时候，身体已经有病了，因为自己是道士，他就想了，得了，用法术给自己治病。但是那个时候，可能是他的法术有问题，病情是一天比一天严重，到最后说，得了，我放弃了。法术这道不灵，我找叶天士吧。

叶天士给他问诊之后，开了处方。"你回去按方服药，病就能好。"

好吧，回去就喝药。真好，连服几剂药，病就痊愈了。叶天士的医术给他留下了深刻的印象，所以他打这儿起，出去传道的时候，逢人就说："我得病那时候，天神指点，说我这病非叶天士不能治，他是天医星下凡。"这样一说，这话就传开了。打苏州一带，越传越神。当然了，光有神话传说不管用。叶天士的医德也没话说，一直都在救济穷人，也谦虚好学，各处拜师学习医术，学习、救人一直没断过。到他临去世之前，他回顾自己的一生，觉得自己虽然整天忙忙碌碌的，但是没有什么能传给子孙的，所以，他遗训里是这么说的：

依我的看法，并不是所有人都能当医生。只有那些天资聪明而且读书很多的人才可以通过医术治病救人，不然就会贻害病人。所以，药饵就像刀刃，治不好就等于用刀杀人。我死了以后，你们一定要听我的话，谨慎小心，不可随随便便就说自己懂得了医学。

他这一辈子，大伙都夸他医术高超，神啊仙啊什么称号都给他。这么一个了不起的人，在他去世前，还叮嘱自己的后代一定要延续好学的品格，尤其是行医不能马虎，不能学了一点本事就觉得自己什么都懂、什么都会。不久之后，行医近七十年、治怪病无数、救人命无数的一代名医叶天士就这样去世了。

叶天士，号香岩，别号南阳先生，江苏吴县人，就是现在的苏州，他其实祖籍是安徽，从那儿移民过来，一代一代传下来。他的祖父叫叶紫帆，医德高尚，也是有名的孝子。父亲叫叶阳生，名朝采，医术更精，读书也多，喜欢饮酒赋诗，收藏古文物，但是不到五十岁就去世了。

叶天士从小熟读《内经》《难经》等古籍，历代的这些书，他都广泛学习，民间有关他的故事特别多。山东有个姓刘的名医，擅长扎针，他想去学，没人介绍。这天，名医的外甥来找叶天士。因为他舅舅治不好他的病，上这儿来了。叶天士专心诊治，几帖药就治好了。这个外甥很感动：这样吧，你把名字换了，跟我上家去，找我舅舅，去不？

他跟着去了。到那儿之后，跟着学。有一天，有人抬来了一个孕妇。这孕妇神志昏迷，刘医生诊脉之后不给治。叶天士发现，这是孕妇不能转胞，导致她疼得不省人事，于是叶天士取出针来，在孕妇脐下刺了一下，说："马上抬回家去，到家之后就生了。"

刘医生很纳闷，你是谁啊？一问才知道，这是叶桂，叶天士。刘医生很感动，就把自己的医术全部传授给他了。

所以说，您看叶天士的遗训，不管现在，放在哪一个行业，都是值得大家学习的。不管哪一行，达到了什么样的水平，都要不断地学习，充实自己，才能达到更好的水平，这叫作：人外有人，天外有天。

21

中国富豪榜：
四位大佬站了三千多年的『C位』

老有人跟我聊天，让我定个位，相声到底算是生意还是什么别的。因为过去艺人们总说：我们其实也是一个生意人！

其实说相声的老开玩笑，说我们这行，不叫生意，我们叫"熟意"。人熟是一宝啊，做别的买卖的，你不用认识他，但说相声的，面熟了，知道他是谁，说明他有知名度，观众一旦认可你，你艺术方面的提高包括收入都会有所增长。所以说我们这叫"熟意"。

但是"生意"这两个字，在中国很早就有了，老祖宗留下了很多话，也跟生意有关系。很多俗语，像是什么"漫天要价，就地还钱""人情一匹马，买卖争分文""买卖不成仁义在"，讲的都是生意经，里面也有很多做人做事的玄机。

朋友坐到一起聊天，有做微商的，谈买卖谈生意的，还有卖保险的，也有的愿意聊谁是首富、谁挣多少钱之类的。那么咱们今天聊一下有关商业的话题，中国古代的商业鼻祖都是谁？古代人经常聊的商业八卦又是啥呢？

古代中国是一个重农轻商的国家，经商的人一般让人看不起，"士农工商"四大行业，"商"被排在了最后，一提起商人，人们便会想到"无商不奸""为富不仁"等贬义词。

可话说回来，虽然商人没地位，但商人却是最早致富的一批人。无论哪个朝代，经商都是极具魅力的一个行业。每个朝代，也都会出现一些很有传奇色彩的富豪。今儿我们就来为大家介绍先秦四大"骨灰级"商人和他们的传奇故事。

要说到中国商业起源，不能不提到一个人，此人不但是华夏经商史上第一人，也是中国畜牧业的奠基者，他的名字叫王亥。

王亥据说是河南商丘人，是商族部落的第七任首领。商最初不是一个朝代，只是夏朝的一个部落，商的始祖叫契。从契到汤共经历十四代人，商汤之前的时期被称为"先商"时期。契的第六世孙叫亥，后人以"王"尊称他，所以叫王亥。

王亥生活在夏朝的中期，王亥一辈子干了两件大事，第一，饲养家禽家畜，驯养牛和马。在王亥生活的时代，只有极少数贵族可以骑马，牛还没有被驯化。王亥发现野牛只要被牵着鼻子就能乖乖听话，于是驯化了野牛用于耕田和交通运输。由此，王亥还发明了牛车，此举不仅加快了商的交通发展，还促进了农业生产，使部落大为兴旺。学者称王亥为"中国畜牧业的创始人"，是实至名归。

王亥的第二大贡献，是开展了部落间的商业活动。

商部落因为运输的便利，经济发展越来越好。粮食和工具用不完，王亥就拿出一部分物品放在其他部落常去的地方。几天后再去看，发现这些物品已被其他部落取走，他们也留下了一些物品。这就成功完成了一次货物交换。

有第一回便有第二回，后来王亥的生意越做越大，不久就成为当时所有部落的首富。自他开始，越来越多的商族人在各个部落搞物品交换，以获取财富。人们看到商族人用牛车拉着货物远道而来，就开心地到处喊"商人来了"，商人说的是商族人，时间一长，"商人"便成为经商做生意人的代名词。

王亥死后，享受到殷商后代给予的最隆重的祭祀，他也被后人称为"华商始祖"。

说完王亥，我们就该说到儒商的始祖，号称孔门七十二贤之一，孔圣人的得意门生——子贡。

孔夫子大家都知道，天下文官主，历代帝王师。孔门七十二贤人，弟子三千。其中七十二贤人里有个得意徒弟，叫子贡的，子贡口才很好，能说会道，而且头脑聪明，经常在卫国和鲁国之间做生意，赚了不少钱，应该算是孔子弟子中的首富。

子贡原名端木赐，子贡是他的字。他生于春秋时期的卫国，出身富商之家，因为深受孔子教育的影响，在做生意的时候不仅讲究利益，同时也很讲究仁义。他生于商业世家，脑子灵活，就算跟着孔圣人周游列国，也没停下赚钱的脚步。

子贡有一次听说吴国军队要远征北方作战，当时北方天寒地冻，子贡料定吴王夫差定会向百姓强征丝绵，保证将士顺利远行，如此一来吴国丝绵势必紧缺，丝绵价格自然走高。子贡便迅速组织人马到鲁国各地采购丝绵，然后快车运往吴国。果然，冻得受不了的吴国百姓很快将丝绵抢购一空，子贡因此大赚一笔。

那子贡做生意又是如何讲"仁义"的呢？因为子贡一直跟着孔圣人学习，毕业后，先回卫国当了几年官，可能觉得没有意思吧，不久又重新经商，成了影响力很大的"国际贸易"商人。

当时鲁国特别弱小，连带着鲁国的百姓身份卑微，经常被卖到国外沦为奴隶。鲁国政府也没有好主意去解救这些人，只能颁布了一道法律：如果在国外看到鲁国人沦为奴隶的，尽管赎回来，国家给予报销和奖励。春秋战国时期，如果当时有个大富豪排行榜的话，子贡在榜单上得要排"C位"了。

子贡经商期间往返于很多国家，从别国赎回了许多鲁国子民，鲁国政府给他赎金和奖励，他也通通不要。这件事要是放在今天的新闻里，标题肯定都是"最棒的企业家""子贡是最棒的"之类的。

但是孔子听到子贡的事情后，就对子贡说：这件事你做错了，本来鲁国的规定是鼓励更多人去帮助同胞，但你做了这件事情不接受国家的奖赏，虽然赢得了社会的赞赏，却无形中拉高了公益的门槛。不是每个人都很富有，现在哪怕他们想去救同胞也会有一点尴尬，犹豫奖励该不该拿，很可能因此对救人望而却步。

要说还是老师高瞻远瞩，子贡听后自愧不如，不愧是师父，想得周到。

子贡把商人所追求的"利"和孔子秉持的"仁义"思想完美地融合，无愧为"儒商始祖"。

子贡做生意靠仁义，咱们下面讲的这位大佬做生意靠的是五行八卦，这位富于传奇色彩的大佬就是有"商祖""商圣"之称的白圭。

提到白圭，您可能觉得有些陌生，但是他的老师您一定有所耳闻，就是大名鼎鼎的鬼谷子先生。传说鬼谷子生于轩辕时期，史书中关于鬼谷子本人的记载不多，但战国知名人物如孙膑、庞涓、苏秦、张仪等都是他的弟子。据说鬼谷子知天下事，他的学生打一次仗就可以把整个战国局势搅得天翻地覆。

这么一位军事大师，白圭怎么想到要向他学习经商呢？不按常理出牌啊。

其实白圭本是战国时期魏国的相国，也做出了不少政绩。在目睹政府的腐败无能后，决定弃政从商，拜至鬼谷子门下学习经商之术。鬼谷子便传给白圭一本"金书"，并教他阴阳五行之术。白圭凭借这些技巧开始了火热的经商生涯。

当时白圭的老家洛阳珠宝生意很火，很多人劝他炒珠宝，但他认为农副产品销路更好，便开始倒腾农副产品。

结果赶上好时候了，恰逢当时贵族势力因改革被削弱，大量珠宝滞销，加上政府扶植农副业，白圭的农副产品主打薄利多销的路线，由此大赚一笔。

据说鬼谷子曾传授给白圭预知商业走向的本领，白圭可以用阴阳五行之术预测庄稼的收成，以此来决定每年的投资计划。

白圭还能操纵市场行情，想让粮价增长，就专卖下等谷物；想让粮食成色提高，就专卖上等谷物。搁到今天，这位老白就是一代股王巴菲特。

晚年的白圭也挺特别，他不像其他土豪，退休了环游世界。他创立了中国历史上第一家商学院，公开收徒教授生意经。用现在的话说，白圭的商学院有四个字的校训：智、勇、仁、强。意思就是聪明、勇敢、仁义、坚强。

具体说来，便是做生意的人，应当随机应变，敢于冒险，学会仁义，严于律己。

白圭的生意经对后世影响巨大，现在还有很多做生意的人非常崇拜白圭。司马迁在《史记·货殖列传》里评价白圭为"商祖"。即使到了今天，还有很多做生意的人将他看作商业的始祖。

最后，我们介绍一位战国时期的企业家，此人是中国乃至世界历史上有史可查的最早的女企业家，此人名叫巴清。就连惜字如金的司马迁也在《史记》中浓墨重彩地记载了她的传奇经历，连不待见女性的秦始皇都把她奉为上宾。

巴清本名为清，因居住在巴蜀之地，故名"巴清"。战国时期的秦国人，长得好看又知书达理。年纪轻轻嫁给当地富商，但是不久后，公公去世，两年后，丈夫也死了。巴清就变成了寡妇，无儿无女，也没有兄弟姐妹。丈夫死后，巴清家就没有顶梁柱了，好多男的觉得巴清继承这么多家产，长得又好看，就动了心思。但是巴清看不上他们，发誓这辈子不改嫁，全心全意打理好亡夫的生意。

巴清的夫家经营的是丹砂矿，丹砂是做水银的原材料。当时仙术盛行，丹砂生意异常火爆。但巴清家的丹砂矿此时出现了很多问题，比如大小矿的竞争、小偷强盗的骚扰等。为维护矿区安定，巴清重金聘请精壮劳力组建武装力量保护自己的企业。

此举得花不少钱，虽招致族人不满，但有人保护，矿区得以安稳下来，没人敢闹事了。随后巴清开始兼并周围的小作坊，不久就得到了空前的财富。

巴清的丹砂生意越做越大，有多大呢？相传秦始皇陵里有条水银做的河，而巴清就是这些水银的主要供给商。

秦始皇统一六国，维稳为先，巴清自然树大招风。秦始皇得知巴蜀之地有一个女商人居然持有自己的武装力量，于是便召巴清入宫，想给她一个下马威。

巴清何其聪明，她精心打扮一番，见到秦始皇直接说："我的所有财富如果国家需要，我可以全都捐了。"如此从容，着实震撼了秦始皇。因为母亲赵姬的原因，秦始皇对女性没啥好感，但是他却被巴清征服了，不仅免去了巴清的君臣之礼，更在她死后为她建了一个"怀清台"，用来怀念她。

古代的皇帝为表彰一个女子而筑台纪念，是秦始皇的独创，巴清之后也很少有类似的案例。秦始皇对女性给予如此高的评价，也就巴清一例。

历史上关于巴清和秦始皇的关系众说纷纭，甚至有人说秦始皇爱上了巴清。巴清晚年确实有过被秦始皇软禁的记录，但当时的巴清已经很年迈了，比秦始皇大很多岁，爱恋之说纯属子虚乌有。秦始皇之所以软禁她，很有可能是因为巴清雇用了太多的精壮劳力，大概有几万人，这些用于保障家族丹砂矿安全的武装力量过于强大，引起了秦始皇的注意。秦始皇主要是出于巩固统治，控制地方贵族豪强，收缴武装势力等目的才将巴清软禁的。

巴清的影响至今依然存在，她的传奇一生也被人津津乐道。

正是有这几位中国古代商界祖师爷的努力，中国历史上的商界传奇才能如此丰富多彩！

郭 论

Guo Theory

22

民族英雄：
你所不知道的嚯嚯嚯嚯嚯嚯霍元甲

各位熟悉相声的朋友都知道，我是天津人，当然了，我祖籍是山西汾阳，但那是明朝的事，我们家大部分人，往上捯个几辈、十几辈，也都是在天津，所以我是天津人。

一说到天津，好多人就先想到了煎饼馃子和天津的各种小吃，什么包子、麻花之类的。当然这是吃货们这么想的，听相声的人呢，一想到天津，马三立先生！还有唱大鼓的各位艺术家。这里是众多曲艺形式发源和兴盛发展的地方，所以天津也是曲艺之乡。

但抛开了美食和曲艺这两个标签，我们得聊聊天津的另一个标签。天津自古以来是一个游侠集聚、群英荟萃的武林宝地，这个标签叫什么呢？四个字——津门武林！

我们从历史上看，天津的武术是怎么逐步发展的呢？天津地处海河水系的九河下梢，我们不是老说嘛，"九河下梢天津卫，三道浮桥两道关"。

自古以来天津是北京的重要门户，1404年，大明王朝在北方设立了大同、宣化等"九边"重镇的同时，也在沿海地区设立了沈阳中卫、山海卫、威海卫、天津卫等军事卫所。

根据明朝兵制，"卫"是独立于行政系统之外的军事建制。当时在天津周围共设立了天津卫、天津左卫、天津右卫三个卫。清王朝建立后，裁并卫所，1652年，天津三卫合并为天津卫，仍然属于军事性的建制。"天津卫"的本义，其实类似于今天的"天津军事基地"的意思。

天津城最早的居民是军人，他们的主要职责是筑建城垣，戍守卫城，监督保护漕运，修建和保护粮仓，以及屯田和军事训练。要完成戍守卫城、保护漕运的任务，天津卫的军人就必须进行必要的军事训练，所以天津由起初的人口聚落逐渐发展为武术重镇，成为军事武术人才的集散地，这就为后来天津传统武术的成熟和民间尚武风气的形成，奠定了良好的基础。

后来随着时代发展，天津的运河漕运、海关口岸也逐渐繁荣起来。一个地方一繁荣，人就多了，河北、山东、山西、河南、浙江等各地的武林豪杰、船户、商户、官吏等等，开始向天津集中，到天津来的人有办事的，有做生意的，有交朋友的，有谋生的，有投亲戚的，反正人来人往的，慢慢地，聚集了这么一批"以拳谋生，以武会友，以武结社"的武林人士。

这下天津卫热闹了，拳厂林立、流派丛生，各种兵器、拳种，都逐渐发展起来。天津出了很多武术名人，那么最出名的，大家最熟悉的，拍成过电视剧的，就是今天咱们要聊的精武元祖——霍元甲。

中国自古以来就不缺乏对英雄侠客的描写和颂扬，大家特别喜欢和崇拜武侠，豪爽，大侠的故事都爱听。霍元甲呢，我们当年看过这个电视剧，但最早的时候我记得是香港拍的一个电视剧，霍元甲在电视剧里的形象是民族英雄、爱国大侠。

我印象很深，那会儿有这个电视剧的时候，我还没多大，当时在天津，播这个电视剧的时候那真是人人都关注，街上都没人了，都回家看电视去了。

我印象中有一次，我跟着我母亲，回我姥姥家，晚上从姥姥家出来，就闹着跟我妈说赶紧走，为什么呢？因为今天晚上有电视剧《霍元甲》。然后就在马路边等公交车。一上公交车便看到车上人都满了，司机跟卖票的说了这么一句话："当间儿应该还有这么两三站小站。"司机便说了："这趟车这两小站不停，我们是直接到终点站。"为什么呢？司机说我得回去看《霍元甲》，这句话一说，车厢里一片轰动，人都高兴、开心，说太好了，我们都是为了回家看电视剧的。现在回想这个事好像还在眼前一样。

霍元甲在影视剧里是民族英雄、爱国大侠，他还是精武体育会的创始人，还有绝技"迷踪拳"。电视剧里，霍元甲吓跑了一个外国大力士，后来让那个日本医生给毒死了。他有一个徒弟叫陈真，后来陈真也被拍成电视剧了，大伙一部一部接着看。

这些都是电影电视剧里对霍元甲的认知和描写，那么历史上真实的霍元甲是什么样的呢？他是怎么成为民族英雄的？咱们得好好聊一聊。

霍元甲，字俊卿，没有什么显赫的身世，出生于清朝同治年间，他是天津静海县小南河村的人，这个地方现在属于天津的西青区了。静海这个地方，自古多盐碱地，我听我们家的老人们聊天，包括我们家的家谱上也说，明朝弘治十一年（1498年）时，我们家的人，就有兄弟十一个打山西汾阳出来到静海，因为听说静海这儿土地很便宜，花一点点钱就可以买一大片土地，所以说我们家的人据说最初是奔着静海来的，但是后来就可能买地没成功，流落到了天津。当然，天津和静海都挨着，不远。这个霍家呢，生活在这样的一个自然环境里，当年也算是贫困一族吧，小院子、几间土坯房之类的。

霍家是一个迷踪拳世家，迷踪拳又叫燕青拳。相传是梁山上的好汉卢俊义和浪子燕青编的。霍元甲的父亲叫霍恩第，他是以保镖为生的，霍元甲小的时候身体不好，体弱多病，父亲不让他练武，"你这个身体这么弱，你要练武，以后有损我霍家的名声"，所以说，不传他武艺。但是霍元甲有心胸啊：不让我练我也练，你们练，我就留心偷偷地瞧着。这叫"偷艺"，瞒不住。

后来他父亲就知道了，虽然数落他，还有些责罚，但是也不再阻挠他了，乐意学就跟着学吧。霍元甲天资聪颖，毅力惊人，在兄弟之中，出类超群。

一晃呢，就到霍元甲青年时期了，因为人得活着啊，养家糊口，于是他离乡背井，来到了天津城，谋求生路。刚来的时候，他跟着挖河，给人当脚夫（就是挑东西的，在重庆也叫棒棒）。日出而作，日落而息，他跟普通的搬运工一样，凭力气吃饭。

霍元甲能从一个普通劳动者成长为一个民族英雄，跟一个人是脱不开关系的，这个人叫农劲荪。农先生留学日本，是一个忧国忧民的知识分子，回国后在怀庆会馆开了一个药栈，霍元甲就是遇见了农劲荪，才算是找到一个固定的栖身之处。

这个农劲荪，因为留学过日本，他的眼界和格局都很大，所以这就是那句话说的"慧眼识英雄"，他觉得这人行，就把霍元甲留下了。

这两人平时聊天意气相投，慢慢地就成了好朋友。农劲荪留过学，见过世面，当时属于进步青年，所以经常给霍元甲讲一些古今中外历史上的仁人志士，耳濡目染之下，霍元甲逐渐就由一介莽夫转变为有节有义的爱国青年。

后来有一个叫陈公哲的人，给霍元甲做过翻译，他曾经记录过霍元甲长什么样，他的原文是这么说的："元甲此时尚有发辫，盘束顶上，灰色土布短衣衫裤、布靴，腰间束带，完全一北方土老装束，身高约五尺八寸，腰围横阔，面色赫黄，熊腰虎步，手足敏捷，重约二百磅。"

你瞧，这么一说就很形象了。一个高大威猛有功夫在身的霍元甲，这人一看，按电视剧来说的话，他有主角光环呀。主角嘛，一定得有一个强大的对手，那么让霍元甲一下出名的就是跟俄国大力士的这个故事。

据说在1901年，来了一个俄国人，到天津后，在戏园子卖艺，他在报纸上登广告，说自己是世界第一大力士，打遍中国无敌手，这贴出来之后，大伙看完都生气，这太狂了，人哪儿能这么狂呢？怎么你就是世界第一？这不像话！

霍元甲也看见了，一听说这个俄国人信口雌黄，说中国人无能，真气坏了，就约着农劲荪还有自己的徒弟刘振生，去了。

到那儿后，一瞧这个俄国大力士，在台上正吹："我是世界第一大力士，你们这病夫之国，谁有能耐，你们上来登台较量。"霍元甲一下就生气了，一个箭步上了戏台，开门见山："我就是你说的人，我愿意跟你较量较量！"

有翻译就把霍元甲的来历，他的生平，都告诉了俄国人，这俄国人说那先聊聊吧。霍元甲说你不能辱我中华，提三个条件：第一，重新登广告，你要去掉世界第一；第二，你要公开承认，侮辱中国是错误的，当众赔罪谢过；否则的话就是第三个条件，我得跟你一决雌雄！你现在就得决定，俄国大力士一瞧，坏了！那就答应前两个要求吧，登报然后道歉，灰溜溜地离开了天津。

当然这是一个民间的故事，究竟是不是历史上真实发生的，现在不好考证，口口相传而已，不过在历史上的确是有霍元甲打擂台的事，还登了报纸，现在我们查资料最早对霍元甲的文字记载是在1909年，那年12月的报上，内容就是霍元甲在上海张园出品协会展览上设擂台的事。报纸上是这么写的："霍君元甲直隶人，精拳术，为北省之冠。"意思是霍元甲是河北人，精通拳术，天下分南北，在北边，他是最厉害的了。"此次偶来沪上，颇觉技痒。"偶然间到上海来玩，觉得手痒了，要比试比试。"久仰南方多刚强之士，顺道访友，特设台于上海静安寺路张园出品协会大会场音乐厅内大戏台上比较拳力，如能胜霍力士者，赠以贵重之彩物。沪上中西人士愿来比试者请于廿一廿二廿三日下午二点钟起至五点钟止入内挂号可也。"

报纸上说了，霍元甲来自北方，在张园设擂台，由于技痒，访友招揽比武之人。他这个广告反正是有明显的商业宣传的意味，所以从这个广告看呢，他可能当时是一个靠武术表演为生的武师。

这个张园，是清朝时候的一个豪宅，孙中山、溥仪都在那儿住过。几经转手，被一个富商买下来，就简称叫张园，对老百姓免费开放，这是当时挺大的一个私家园林和公共场合，它地处租界，交通便利。在清末民初的上海，张园一直是各类演讲、赛会、游艺、运动会的重要场地，也邀请大力士比赛、设擂之类的，这是经常的事。这些都是一种娱乐形式的表演，以满足人们当时的需要。那也就是说霍元甲当时是应邀在擂台上献技的武师，他跟当时上海茶园游艺场里表演的大力士其实也没有太大的区别。这么说的话，他离民族英雄这个形象还差得远。

那么他到底有没有跟外国大力士打过擂台呢？历史上真实的记载是什么样子的？咱们查过资料，里面是这么说的，1909 年 12 月 4 日的《申报》上有一篇报道，内容就是霍元甲和英国大力士奥皮音两个人的约战。报纸上是这么写的：

"霍元甲前日已登场试演，拳力精勇绝伦，无敢与之较量者。昨日有美国大力士奥皮音与霍君订立生死书，循例报明捕房，备英洋一千元以备彩物，准今天下午两点钟在音乐厅歌舞台上死力相拼。届时必有一场狠斗，是诚我中国从来未有之创举也。"

关于这次约战，有几种不一样的说法。一种说法是：美国大力士奥皮音在上海亚波罗影剧院表演，每次表演都大肆叫嚣一番，上海无人应战。原本他估计就是逞一时之快，没想到引来了对手。他一听说霍元甲要来，害怕了，借口有事先走，说明年春天吧，到了转年春天四月份，霍元甲又来了，到这里便找他。奥皮音一听，他怎么又来了呢？

狭路相逢！聊聊吧，这奥皮音还是挺害怕，反正就是种种借口，这个不行，那个不行，到最后双方要立下生死状，陈其美、农劲荪等人发起了募捐，巨款租下上海静安寺张园，打个比武擂台。比武当天，人都满了，水泄不通。但是奥皮音没露面，跑了！

所以最后这场比赛就从较量变成了国内高手的展示。当时现场观众上千人，霍元甲技压群雄，艺惊四座，这是一种说法。

还有一种说法呢，其他报纸说霍元甲与外国大力士生死对决，最终并没有打成，原因是"中西证人未齐"，捕房未发照会。什么意思呢？就是演出得办一个演出许可证，但这个许可证没办下来，所以这个事没成。当时《时报》上也这么写的："霍君千元之款亦已备齐，在台上待至多时，因角技不成而观者甚众，耐请台下诸人任便于彼身上可随意击打三下，良久无敢应者，乃演拳法多套而散。"

什么意思呢？就是说霍元甲看观众来得还挺多，没打成你们也别遗憾，上来随便跟我打，每人打我三下，结果没人打，最后霍元甲自己打了几套拳法，让观众饱一饱眼福。

从这之后，霍元甲以中国大力士的名义连登了三天的广告，从这个广告上，咱们也看得出来，他这会儿已经有办学的意愿了。

当时革命的星星之火在全国蔓延，很多喜欢武术、爱国的忠勇之士一拍即合，成立了中国精武体操会，农劲荪任会长，霍元甲任武术教练。

霍元甲有"强种强国"的愿望，说"欲使国强，非人人习武不可"，打破了迷踪拳不外传的家规，博采众家之长，公开传授国人。

当然到最后，霍元甲的故事并不像影视剧里那么传奇，包括他最后去世，有一种普遍的说法，他是死在日本人手里，很多人说是日本人以酒宴邀请霍元甲，酒席宴前，看到霍元甲咳嗽，就推荐了日本的医生，叫秋野，给霍元甲看病，还开了药给霍元甲吃，结果吃药后病情加重，接回来之后才知道吃的这药是慢性的毒药，那个日本医生也不知道逃到哪儿去了。

霍元甲病逝于精武体育会，到底是不是这么死的呢，现在也没有一个准确的定论。历史上真实的霍元甲怎么样，我们现在只能在报纸文章中拼凑他的故事。但是，霍元甲这个人物身上的正直刚毅，在当年那样的乱世当中无所畏惧，用武术实现报国，从这一点来说，他就是一个英雄。

23

你们这些皇上……
负了美人，也负了才子（一）

最近宫斗戏是越来越火了，后宫争宠，前朝也没闲着，争权争名的。当然也有在皇上面前使性子的。

比如说，不爱红妆爱美酒，"天子呼来不上船"的李白。

不爱皇上爱睡觉，"春眠不觉晓，处处闻啼鸟"的孟浩然。

不爱皇上爱唱诗的，"且去浅斟低唱，何用浮名"的柳永。

他们都有一个特点，就是才子，都是大才子，还都是恃才而骄的大才子，才子们还总喜欢在诗里写美人："唯草木之零落兮，恐美人之迟暮。"（屈原《离骚》）还有把自己比作妾："感此伤妾心，坐愁红颜老。"（李白《长干行》）借着写诗写美人，抒发对皇上的各种复杂感情。

今天，我们就来聊聊皇上和这些大才子之间又酸、又爱、又互相嫌弃的故事。

中国历史上，压根不会作诗的皇帝不多，哪怕不是中原民族，入关以后被汉文化熏陶，天长日久，也能熏出几句来。比如乾隆皇帝，一辈子写了四万多首诗，虽说其中好诗加起来也就七八首。

也有的皇帝，自己虽然写诗不多，但开创了一朝盛世，大量的才子在他的时代里井喷式地出现，以至于几千年后，今天的各路才子对那个光华绚烂的年代，还是无比地缅怀和向往，动不动就一拍胸脯说：大唐气象！能猜着是谁了吧？

唐玄宗李隆基！

唐睿宗第三子，亲密的人都管他叫三郎。这位皇帝的一生，无论在政治上，还是在感情上，都是轰轰烈烈，戏份十足。当然老百姓最替他伤心的是马嵬坡下的一缕芳魂。

年轻时的李隆基那叫一个圣明！开元盛世，万国来朝，但是后来爱上杨贵妃了，从此君王不早朝。不过瘦死的骆驼比马大，他的威望和气势，就像能够引来凤凰的梧桐树。盛唐的诗人几乎都曾到他的殿前溜达过一圈，几人得宠几人幽怨，连起来，也是一部大戏！

民间有句话说，李白是天才，杜甫是地才，王维是人才。后面再有，估计就是劈柴。

王维与李白同年生，不仅有才，而且长得好看，有诗文形容说："维妙年洁白，风姿都美。"

王维十五岁时，辞别母亲到京城，他母亲不容易，一直守寡。娘儿俩洒泪分别，到了京城，他意气风发地写下："新丰美酒斗十千，咸阳游侠多少年。"写下了这么两句后，经过几年的辛酸和不得志后，王维又写下："独在异乡为异客，每逢佳节倍思亲。"

　　写下这两句话，说明他终于醒悟，决定走名人引荐的路。这条路，在当时被称为"行卷"，也叫干谒，就是将所写的诗文做成卷轴，投送给朝中显贵，在他们的宣扬下就有了知名度。

　　有点像我们今天出书，书上要有腰封，这是什么什么书，某某某推荐，某某名人推荐，某某说相声的推荐……就是这么个意思。

　　王维的第一位贵人，是皇帝的弟弟岐王李范。岐王是个极有眼光的人，他当下就让乐工将王维的诗文谱曲吟唱，笙管笛箫、琵琶、锣鼓、竹板等全都招呼上来。一时间钟鼓齐鸣，岐王十分得意。但王维还是很冷静，并没有因为岐王赏识自己就如何如何了，很客观地评价说："尚可。"那意思是，还行吧。而且他还提出，弹奏琵琶的乐工手底下的功夫还欠着一点。

　　岐王这才发现，这人可以！能冷静，诗文好，精通音乐，是个全才。于是王维就成了座上宾，又给引荐到宁王这里，并得到了玉真公主的青睐。从这儿起，王维进入了长安城上流社会的圈子，名扬一方。

　　玉真公主是唐玄宗同母的亲妹妹，早年深受宫廷内乱之苦，不再贪恋荣华富贵，做了女道士。历史上有个谜团，同在一个时代，又有无数的共同朋友，但李白和王维两人没有任何交往。于是有人就猜了，这是什么原因呢？会不会这个原因在玉真公主的身上？

　　　　玉真之仙人，时往太华峰。

　　　　清晨鸣天鼓，飙欻腾双龙。

　　　　弄电不辍手，行云本无踪。

　　　　几时入少室，王母应相逢。

这是李白写的。"玉真之仙人"是谁？就是玉真公主啊，李白还有两首五言诗——《玉真公主别馆苦雨赠卫尉张卿二首》，写的是凄风冷雨，一代大才子给晾在这儿了，于是满腹牢骚。

二人先后被玉真公主赏识，然后老死不相往来，所以难免有情敌之嫌疑。二人这点事，反正也说不清道不明的，各种猜测都有。

咱们再回到王维身上。他的仕途一路得意，成为长安城里风头无两的人，往来无白丁啊。

京城权贵也争相传诵他的诗作，一个人风光到这个份上，就得出事。您记住了，天下的事永远如此，好着好着它就得坏，坏着坏着它就好了。

没有谁永远在云彩眼里待着，有属于你的时代就可以了。但是人很容易在云彩眼的时候忘记一切，他不接地气的时候他就永远不会明白周围的环境，也就不会懂得自身的位置。

这个王维就是。有一次一时不慎，在一次彩排的时候看了黄狮子舞，黄色的"黄"，通皇上的"皇"，意味着这是只有皇家才能看的舞蹈。皇上还没看呢，你先看了，这叫"僭越"，大罪啊！

这个坑不知是别人给他挖的，还是他自己点儿背，掉里面了。反正最要命的是，唐玄宗亲自处理"黄狮子"案，严惩涉案人员，这对各位王侯也有敲山震虎的意思。王维再怎么作诗申冤"臣冤枉，臣特别冤，臣都冤死了"，也没有用，平息不了帝王之怒。王维贬到山东济州管理粮库，直到开元十三年（725年），唐玄宗泰山封禅，大赦天下，他才得以回家。

回了家的王维，不再惦记朝堂上的皇帝了，一心一意和媳妇过日子，过了几年幸福的家庭生活，直到妻子因病去世，王维发誓再不娶妻，独居到死。

走出婚姻生活的王维又一次踏上行卷之路，把诗文递给朝中显贵。这次，他献诗给宰相张九龄，问得很直接："可为帐下否？"

张九龄对他十分赏识，抬举他做了右拾遗。这时，他跟另外一位诗人孟浩然相识，不巧的是，张九龄很快就在和李林甫的政治斗争中落败，王维又一次跌落谷底，被皇上贬至凉州。安史之乱时，王维被安禄山俘虏，虽然说不招李隆基待见，但皇上的政敌安禄山非常欣赏王维，又是威逼又是利诱，把王维带到他那里做官。但是等朝廷的军队打回来后，王维这算是"唐奸"，按律当斩。

幸运的是，李隆基已经不是皇上了，被赶下皇位，新皇上看到王维的一首诗，再加上王维的弟弟求情，就把他给赦免了，而且以后的日子，还越来越重用他。

这个诗呢，二十八个字："万户伤心生野烟，百僚何日更朝天。秋槐叶落空宫里，凝碧池头奏管弦。"

二十八个字，什么意思呢？我不得已，我很伤心，我什么时候才能见着皇上呢？是这个意思。这首诗的标题是三十九个字——《菩提寺禁裴迪来相看说逆贼等，凝碧池上作音乐供奉人等，举声便一时泪下，私成口号诵示裴迪》。

列位，这首诗二十八个字，这首诗的标题三十九个字。能起这么一个标题，就能看出来，这是一个多任性的人。

所以说，关键时刻保命，需要两点。第一，打仗亲兄弟，有一个在皇上面前说得上话的兄弟很重要。第二，得会写诗。几死几生，来来回回，王维又重新回到政治权力的中心，新皇帝很赏识他，一路官至尚书右丞，但是呢，他已经看淡了圣宠的冷热无常。因为这个东西实在是没谱，一直呢，自己就处于半官半隐的状态，"晚年惟好静，万事不关心"，更多的是寄情山水诗歌乐。他越来越与天地万物融为一体，被尊为"诗佛"。

那么刚才提了一句孟浩然，孟浩然比皇上李隆基晚出生四年。李隆基发动的唐隆政变，这孩子看在眼里，心生厌恶，做了一个大胆任性的决定，拒绝科考，拒绝为这样混乱的国家贡献才华。

这个决定把孟浩然的父亲气坏了，过去讲究"学会文武艺，货与帝王家"，你念书为的是什么？在那个年头，读书人唯一的出路就是科考，就是走仕途，你不去科考等于白念书了，对吧，但是孟浩然的脾气比较拗，十头牛也拉不回来。任性的才子！

这个孟浩然，离家出走，模仿东汉末年庞德公隐居在鹿门山，而且还爱上一个歌女，要娶进门。差点没把他爸气死："不行！别回来了。"而且这个歌女更不能进门，哪怕生个大胖孙子也不行。僵持了几年，熬出来了，倒不是同意了，是孟浩然他爸爸死了。

孟浩然这回彻底傻眼了，声称不后悔的他，这回是真后悔了，在父亲的遗体前痛哭，守孝三年，决定拼尽全力要实现父亲的愿望，入仕，就是要做官啊。

既然要做官，也得走王维走过的路，这倒是简单，把写的东西给朝里做官的，有权有势的上流社会，给人家看，得到人家的赏识就能做官了，说复杂也复杂，说简单也简单。

他找的朝中权贵，也是宰相张九龄。孟浩然写了首诗——《望洞庭湖赠张丞相》：

八月湖水平，涵虚混太清。

气蒸云梦泽，波撼岳阳城。

欲济无舟楫，端居耻圣明。

坐观垂钓者，徒有羡鱼情。

最后一句写得有点太直白了，坐那儿看别人钓鱼，写自己就羡慕一条鱼，这就写得有点露骨，但是张九龄一看就懂了，这是想当大鱼啊，来吧。

这首诗就成了行卷里边的范文，以后大伙写呢，都照着路子抄。可惜不知道什么原因，李隆基当时没看上这位才子的诗，孟浩然有点失望，回到家乡开始了说走就走的穷游。

在路上他写了"野旷天低树，江清月近人"，是很冷清不得志的诗，没想到有一位年轻人得知他在这里，专程拜访，还当面送了首诗，名字叫《赠孟浩然》：

吾爱孟夫子，风流天下闻。

红颜弃轩冕，白首卧松云。

醉月频中圣，迷花不事君。

高山安可仰，从此揖清芬。

"迷花不事君"，这一听就是一个任性的人，孟浩然叹口气：这熊孩子不懂我呀！

四十岁的孟浩然决定要去京城参加考试，这个去的钱呢，是他母亲变卖田产换来的钱。他拿这个钱进京城，参加科举。这一次，孟浩然遇见了王维，王维懂他呀，俩人这个相见恨晚。

王维带着孟浩然参加诗会，一句"微云淡河汉，疏雨滴梧桐"让孟浩然名满京师，也传到了皇上的耳朵里。

有一天，李隆基一时兴起也没预约，就空降到王维家，这个时候，王维正是在张九龄门下风生水起的时候，经常跟皇上一起喝酒聊天。皇上突然来了，可孟浩然一介布衣，赶紧钻到床底下躲着吧，但是桌子上有茶杯，皇上一瞧屋里有人："出来吧！"这才出来了，孟浩然估计尴尬不已，很狼狈地出现了。

"见都见了，来吧，聊聊天，作首诗。"

孟浩然临场发挥，心里估计也是千军万马，最后说了这么几句：

"北阙休上书，南山归敝庐。不才明主弃，多病故人疏。"

什么意思呢？我不想给皇上写东西，我要回老家隐居，因为你以前抛弃过我、疏远过我。估计这会儿皇上跟王维内心也有无比复杂的情绪，是吧？

估计皇上也很委屈："我见过你吗？我知道你是谁啊？"搁到后宫戏里，这位恐怕凶多吉少了。

皇上走了，留下一句狠话："卿不求仕，而朕未尝弃卿，奈何诬我？"你没打算做官，可是我也没打算不要你，你干吗诬陷我？你哪儿来的回哪儿去！

这回行了，孟浩然一直压在心里的父亲的愿望，就此拉倒！

孟浩然离开长安，又开始了说走就走的穷游，那位崇拜他的年轻人，又来送他来了，又写了一首千古名诗："故人西辞黄鹤楼，烟花三月下扬州。孤帆远影碧空尽，唯见长江天际流。"

后来孟浩然的同乡想在李隆基面前引见他，但是他因为跟朋友喝酒没赴约，再次错过机会，当然也没准他是故意的。

五十二岁的孟浩然陪同被流放的友人王昌龄喝酒、吃海鲜，闹了场病，发作而亡。消息传来，王维正被流放边地，写下了《哭孟浩然》：

　　故人不可见，汉水日东流。

　　借问襄阳老，江山空蔡洲。

孟浩然就这么过完了一辈子，他听闻了李隆基的宫廷政变，又经历了开元盛世，又错过了安史之乱，不过那一首导致皇上跟才子不能在一块儿的《岁暮归南山》倒是让后世人有了耳福，好诗啊！

24

你们这些皇上⋯⋯
负了美人，也负了才子（二）

我从来不敢说我郭德纲说得多好，这也是不可能的事情，我是拿您各位当交个朋友！当然也有人觉得我在瞎说，还不如他怎么怎么样……这个咱们都承认，但是呢，朋友嘛，也不能渴望说全天下人都喜欢你都爱你，这个也不现实。

咱们看三国，不老说这话吗：曹操再奸，他也有知心的朋友；刘备再好，他也有他的死对头；孙权再温柔，两边也都是仇人。

所以说，你要如果光在乎别人，你也没法干事，就做好自己的事，走好自己的路。尽量努力，你也不要活在别人的眼里头，不喜欢你的人，你也别给人家添那个乱，是不是？也不用去讨好，没用！因为惦记你的人自然而然地你就是他的好朋友。

做人就是简单，人心换人心，换不来就转身。

闲话少说，咱们得干点正事，在上一讲的时候，我们说的是王维和孟浩然，这两位我们上学的时候其实也没少听说人家的大名。

这俩差别挺大，同样是山水派的诗人，王维是又入朝做官，又大隐隐于市。孟浩然是隐也没隐成，入世也没入成，让人觉得挺惋惜。

当年那个时候，不管你是才高八斗，多么让人炫目的才子，仰知天文、俯察地理、中晓人和、懂阴阳、明八卦，晓奇门、知遁甲，最后呢，也都走了"行卷"的路子。上一讲咱们介绍了，所谓的"行卷"，就是把自己写的诗以及那些大作品通过朝中的权贵，张大人李大人王大人……通过人家推荐，最后就能得到皇上的恩宠。包括大才子李白，那还能有比李白才气更大的吗？他都不能例外。你看他还专门写过诗表达自己不跟俗人一块儿参加考试，他写："我以一箭书，能取聊城功。终然不受赏，羞与时人同。"

"终然不受赏"——哪怕我没有露脸，我也不能跟你们大伙一样，那会让我觉得很羞愧。这是他写的，但是今天呢，咱们也能看到他写的行卷："宣父犹能畏后生，丈夫未可轻年少。"

拿今天的话来说，李白是那种谜之自信的人——"天生我材必有用，千金散尽还复来"，你说有几个人敢说把千金散尽的，李白就是这种自信的口吻，你不由自主就相信了。李隆基是一位激情四溢的皇上，所以他最初对李白也是惺惺相惜，俩人最要好的时候到什么程度呢？

"七宝床赐食，御手调羹以饭之。"

"七宝床"比喻皇上歇息的床，上面镶嵌着七宝，得有身份的人才能在那上面坐着，结果皇上就让李白坐他的床了。

"御手调羹"，皇上那手叫御手，端了一碗汤或者羹，甭管是什么吧，哪怕是豆腐脑也行。皇上端过来了："来，尝尝这个。"

这说明什么？说明恩宠！可是接过这碗汤羹的李白倒觉得坏了。为什么李白不喜反忧，觉得有问题呢？

才子和美人，都怕老，有句话说得好："士为知己者死，女为悦己者容。"美人怕迟暮，怕遇不到悦己者，男人怕迟暮，是怕遇不到伯乐。

一般来说，男儿当自强，强在哪儿呢？入仕途，终极理想就是治国平天下，因为那会儿追求"学会文武艺，货与帝王家"。

读书人没有别的出路，只能是做官，所以你说像贾宝玉那样的，一天到晚诗情画意的，当个艺术家、当个生活家什么的，这也不多见，所以一个才子如果才华不能够上报朝廷、下济百姓，这样的才华就是一种浪费。咱们看才子们留下来的诗，不是表达想要施展宏图，就是表达不能施展的郁闷。

李白是个大才子，但他不觉得作几首绝顶好诗就是他的生命价值，他渴望的是风云际会之时，凭借自己那惊世骇俗的才华，立下卓然不世之功，然后挥挥衣袖，不带走一片云彩，飘飘然，化羽而去。

这才是一个天才，在人世间该有的那么一个下凡的套路。

可是这个李隆基啊，已经不是当年那个"开元之君"了，他只是想把李白当一个写诗的人才，你不是写得好吗？来，请进宫来，写点诗吧，写点什么《宫中行乐词》，给杨贵妃写些"云想衣裳花想容"之类的诗，但是这种圣宠对李白来说是一种羞辱。

李白，号青莲居士，唐朝伟大的浪漫主义诗人，后人称他为"诗仙"，他跟杜甫并称为"李杜"。当然，为了区别另外两位诗人李商隐、杜牧，有"大李杜""小李杜"。杜甫和李白叫"大李杜"。

据说李白的祖上也是显赫人家——兴圣皇帝九世孙，就是凉武昭王的九世孙，他跟李唐的诸位王是同宗。李白这个人，爽朗大方，爱喝酒，有人管他叫李十二、李翰林、李供奉，他的字是"太白"。

他的出生地，一般认为是在唐朝剑南道绵州昌隆青莲乡，祖籍甘肃。他的家世、家族皆不详。武则天去世的时候，李白还小。他几岁开始念书，十几岁的时候已经作了很多诗了。一直到开元六年（718年），李白十八岁，隐居在现在四川的江油县，读书、见朋友，增长了不少的阅历和见识。

一直到了开元十三年（725年），李白出四川，仗剑去国，辞亲远游，反正是走遍天下，到处写诗、交朋友什么的。

李隆基对李白开始还是挺好的，毕竟最开始李白写的是"直挂云帆济沧海"。后来皇上一看他写"天子呼来不上船"，动不动又来个"安能使我摧眉折腰事权贵"，这个太狂放，有点失去耐心了：您到底是来，还是不来？到底干什么是不是？

后来君臣的"蜜月期"也就算到头了。李隆基客客气气给他送出宫去了，这就跟宫女到了岁数一样，一到二十五岁就得了，差不多出去吧。

那会儿的李白飞扬跋扈，杜甫形容他："痛饮狂歌空度日，飞扬跋扈为谁雄。"

那时候"飞扬跋扈"这个词也不算是个贬义词，不像咱们看宫斗戏，哪个贵妃"飞扬跋扈"就准是坏人。

有好事者研究过历史细节，发现唐代的酒，好像也没有那么大的度数，酒精含量最多就是 3% 到 15%，类似今天的熟啤。李白之所以会被称为"醉仙"，其实是因为他酒量差，一杯就倒。

安史之乱后，李隆基赐死杨贵妃，让位唐肃宗。一代圣君，最后只剩下凄凉度日。而李白到老也不肯放弃他想象中的治世才干，既然李隆基不是那个知己，那他就决定另找一个王，实现自己的政治抱负。可惜，这次李白站错了队，他选的永王李璘在夺位斗争中败给了唐肃宗，李白被流放夜郎，行至白帝城时遇赦，写下了脍炙人口的《早发白帝城》。

关于李白之死，历来众说纷纭，总体来说有三种死法：第一是醉死，第二是病死，第三是溺水而亡。

第一种死法见《旧唐书》，说李白"以饮酒过度，醉死于宣城"。

第二种死法，专家们也有考证，史书上也有记载，当李光弼东镇临淮时，李白不顾六十一岁的高龄，闻讯前往请缨杀敌，希望在垂暮之年，为挽救国家危亡尽力，因病中途返回，次年病死于当涂县令、唐代最有名的篆书家李阳冰处。

第三种死法就是民间传说了，极富浪漫色彩。说李白在当涂采石江上饮酒，喝得酩酊大醉，见水中一轮明月皎洁可爱，就跳入江中捉月亮，这与诗人性格非常吻合。

但不管哪一种死法，都跟参与永王李璘谋反作乱有直接的关系。反正结束了传奇坎坷的一生，这是一个不争的事实。

刚才提到了"李杜"。杜甫年轻的时候其实也纠结过，他在诗里就写过："独耻事干谒。"所谓"干谒"，就是"行卷"。杜甫觉得，靠诗文巴结权贵，这是一件让人羞耻的事。

杜甫，字子美。原籍襄阳（今属湖北），自其曾祖时搬到巩县（今河南巩义）。他在中国古典诗歌中的影响非常深远，后人称他为"诗圣"，后世称其杜工部、杜拾遗、杜少陵、杜草堂。他的思想核心是儒家的仁政思想，有着"致君尧舜上，再使风俗淳"的宏伟抱负，在世时虽然名声并不十分显赫，但后来声名远播。

杜甫出身于京兆杜氏，乃北方的大士族。其远祖为汉武帝有名的酷吏杜周，祖父是著名诗人杜审言。杜甫与唐代另一位大诗人，即"小李杜"的杜牧，同为晋代大学者、名将杜预之后，不过两支离得远。

杜甫自小好学，七岁能作诗，有神童的美誉。他不像李白，李白都不屑于跟凡人一块儿参与考试，杜甫不但去考，还考了两回。

第一回，没考中。第二回，由于宰相李林甫捣鬼，骗皇上说"野无遗贤"，"野无遗贤"就是说民间没有贤人和有才华的人了，有才华的人都招来了，都在朝堂上了，民间没有漏网之鱼。皇上也就信了，总之杜甫又没考上。

长安的物价就跟现在这房价似的，有点贵，但杜甫坚持做一个"京漂"。

四年之后，杜甫也熬得差不多了，学聪明了，他找了个机会向皇上献了一首《三大礼赋》，李隆基一看："这个很好啊！"很是欣赏，召试文章并送隶有司"参列选序"。

这一等，就是四年。可能是等待入朝的才子太多了，皇上一时也想不起来这号人。杜甫先是被授河西尉，之后又换了官当——兵曹参军。但都是小官，他这个河西尉是天宝十四年（755年）的事。但杜甫不愿意做，他写了"不做河西尉，凄凉为折腰"。朝廷让他去当兵曹参军，这时杜甫已经四十四岁，到长安也有十多年了，这不去不行啊，为生计打算，他接受了这个职位。

十一月，他先回家探亲，还没走进家门就听到一家老小在哭，原来自己的小儿子活活饿死了。根据这个，他又把长安十年的感受和沿途见闻，写了一首特别著名的《自京赴奉先县咏怀五百字》，这里面有这么几句到现在还流传得挺广的。所以说古代的诗人啊，有的时候特别喜欢把自己比作女子，也包括杜甫写的这个：

"许身一何愚，窃比稷与契。"

"许身"就是过去女子的志向，过去连苏东坡这些个豪放派的大诗人，也经常借用女子的口吻表达自己的志向和不得志的幽怨。

这首诗里，杜甫还写了对底层百姓的悲悯之情——"朱门酒肉臭，路有冻死骨。"如果皇上看着这首诗，可能还会被其中一句话感动：

"非无江海志，潇洒送日月。生逢尧舜君，不忍便永诀。"意思就是我并不是没有考虑过归隐江湖、潇洒自在，但是既然遇到了像尧舜一样的明君，我不忍心离开他。在杜甫的心里，李隆基就是明君。虽然皇上没有像对李白那样亲手给杜甫调过羹汤，但是杜甫对皇上，就跟向日葵永远向着太阳一样。

他既然内心认定了李隆基是明君，就一门心思忠于皇上，忠于朝廷。

安史之乱爆发后，皇上李隆基让位给唐肃宗。杜甫只身赶去投奔，结果半道上让叛军的人给截和了，和诗人王维关押在一起。

由于杜甫当时没有什么名气，所以也没有人来劝他归降，看守也不严，他就趁乱跑出来再次投奔唐肃宗，皇上很感动，封杜甫为左拾遗，官不大，但专门给皇上提意见。权力不小，这个权力一大就容易获罪，老虎的屁股摸不得！

杜甫终于像其他才子一样，起起落落，看透了仕途的冷暖，但这一生，他志向不变，忠于朝廷，心系苍生。

他写的"安得广厦千万间，大庇天下寒士俱欢颜"，其家国天下、悲天悯人的情怀，深受民间百姓的爱戴。

大历五年（770年），潭州作乱，杜甫逃往衡州。原打算找舅舅去，但行到耒阳的时候，发大水，江水暴涨，只得停在这里，五天没吃东西，后来有个姓聂的县令派人送来饭，杜甫这才得救。耒阳到滨州需要逆水而上二百多里，洪水没退，他原本一心想北归，这时候改变了计划，顺流而下回了潭州。

这一年的冬天，杜甫在由潭州去岳阳的一条小船上去世，时年五十九岁。

郭  论

Guo Theory

25

你们这些皇上：
负了美人，也负了才子（三）

上一期咱们提到了杜甫，说杜甫的生平有这么一大憾事，就是没见到张九龄。

张九龄，可以这么说，读书人的"学而优则仕"就是拿张九龄做了一个完美的榜样，他是岭南诗派的第一人。"海上生明月，天涯共此时"，唱绝千古，"草木有本心，何求美人折"，才子们那种自甘寂寞的美好品格，他也有。

辅佐皇上，君臣一心，有了开元盛世。虽然说皇上一气之下贬了他，但是在他死后追封他为荆州大都督，安史之乱之后皇上再次追悔莫及，追封他为司徒，他在死后终于得到了皇上全部的爱。

当然，他也眼睁睁地看着皇上从一代明君变成了专宠杨贵妃的"从此君王不早朝"的君主。

这个才子加上贤相的人，受到了民间广泛的爱戴，老百姓一旦喜欢谁，就特别喜欢给他加戏，传说张母曾经打捞到一条几十斤重的鱼——九鲮鱼，鱼长到好几十斤了，张母动了恻隐之心，把鱼放了。

不久张母就怀了孕。但到第十月的时候还没分娩，算命先生说了，腹中胎儿是非凡人物，眼前这个地方太小，容不得，得到大地方生。

老张家真搬到一个大地方住。小孩一出生，他母亲就想起那条鱼来了，觉得是报恩来的，就起名叫"九鲮"，这个"鲮"是"鲮鱼"的"鲮"。

机缘巧合，他们遇见了六祖慧能，六祖觉得孩子有灵气，但是叫"九鲮"的"鲮"不行，这鱼上不了岸啊，得改，改成了"年龄"的"龄"，表达长寿的意思。

张九龄五六岁的时候，吟诗作赋，被称为神童，七岁的时候游宝林寺遇到当地的太守，太守看着孩子活泼可爱，还不露怯，就问他："会对对子是吗？来，我出一个题目吧，上联是'一位童子，攀龙攀凤攀丹桂'。"

张九龄乐了，回说："三尊大佛，坐狮坐象坐莲花。"

这个要是真的话，就了不得了。

张九龄也曾经写过行卷给广州刺史，后来在武则天时期考进士第，一路上得到的赏识不断，遇到的人都不断地肯定他的才干，但是都快三十了，也才是一个秘书郎。巨大的反差让他萌生了归隐的想法，就在这个时候，真命天子出现了！

李隆基当时还是太子，决定广纳人才，东宫举文学试，张九龄来应试，君臣一见倾心，封为右拾遗。李隆基登基之后，张九龄改任左拾遗，不过，他在政治上还不是很成熟，遭到了宰相姚崇的不满，于是称病南归。

别人要是仕途失意，可能就是写诗抒发胸中的郁闷，张九龄没有，一到家，便向朝廷建议，请求打开大庾岭路。这条路最早开凿于秦朝，山路险峻，到唐朝时几乎已经被废弃，为了打开南北交通，也为了给家乡人造福，我估计张九龄可能亲笔写诗："要想富，先修路"，皇上很高兴，就批准了。张九龄也很给力，两个多月，就把这道给修好了。

这道宽三丈多，长二十多丈，梅关古道成了连接南北交通的主要通道，后人称这是古代的京广线，这在政绩上来说，干得很漂亮。

皇上龙颜大悦，不久，张九龄被召回京。又拜官了，叫左补阙，主持吏部的人才选拔，并且得到了当朝宰相张说的赏识，后来张宰相罢免时他也受到牵连，贬为洪州刺史，张宰相再回来的时候，他也回来了。

反正几起几落，他尝到了仕途的酸甜苦辣，可能也感受到皇恩有时候不靠谱，五十五岁，他回家照顾母亲，李隆基不允许，便把他两个弟弟就近在家乡封官，让他们照顾母亲。

"你不是说你要回家照看你妈妈，别费那个劲了，你两个弟弟在家待着呢，这朝中不能没有你。"这意思就是说，朕一刻也不能离开你。

君臣关系如胶似漆，但张九龄成天跟李隆基抬杠。皇上也有皇上的偏执。张九龄早就看出了安禄山狼子野心，一再请皇上早日除掉此人，但皇上当耳旁风。他的死对头李林甫趁机挑拨离间君臣关系，张九龄一贬再贬，从当朝宰相一直贬到了荆州刺史，李隆基也有意思，罢免张九龄之后，把张九龄赶出朝廷，可是每当有新的宰相人选送上来，他又问"风度得如九龄否？"你瞧，这不是抬杠吗？

李隆基的"隆女郎"是杨贵妃，而"隆宰相"就是张九龄那样的。历史记载说张九龄是一个耿直温雅、风仪甚整的宰相，无论在家、外出上朝都保持一贯的优雅。朝中的官员上朝时都要手拿着笏板，竹子、玉石、象牙等材质的，上面可以写字，备忘录似的，不用的时候，有的人就顺手插在腰带上。

张九龄觉得不雅，就自制了一个袋子挂在腰间，平时把笏板装在袋子里，这个就是后世官员都在用的，叫笏囊。

可见张九龄是一个很讲究的人，可惜的是，唐玄宗李隆基虽有识人之才，"开元盛世"证明他是个明君，大唐气象让今天的人都念念不忘，当时的才子们都放下骄傲，就想在明君的身边施展生平抱负，可是数来数去，床前明月光变成了白米饭，"马嵬坡下泥土中，不见玉颜空死处"。美人和才子，一朝承恩宠，最后也竟成了"此恨绵绵无绝期"，也不知道是帝王无情，还是命运的捉弄。

其实，皇上也是人，是人，心性就不定，今天爱这个，明天爱那个，不对等的关系，往往就是一出出悲喜大剧，三皇五帝一直演到末代皇帝。比如说这个屈原，屈原一跳，楚怀王的罪铁板钉钉，中国人没有不知道屈原的，不知道屈原也吃过粽子，知道楚怀王的好像没有知道屈原的多，如果介绍楚怀王的头衔，那就是昏君，毕竟屈原就是因为他死的，是不是？

自古以来，耿直的忠臣动不动就以死劝谏皇上，你不听我就去死，一般来说还是管用的，因为没有皇上愿意背那么一口大锅。但是楚怀王若真是昏君，他从一开始就不会看上屈原，说明他是有眼光的，他要是没两下子，屈原也不可能死心塌地地跟他。才子们的眼睛是长在头顶上的，不是随随便便就能跪下。事实上群雄逐鹿中原，当时能够和秦国抗衡的只有楚国，故而有"得天下者，非秦必楚，非楚必秦"的说法。

楚怀王执政期间，他利用屈原进行改革，举贤任能，联合齐国抵抗秦国。

君王满怀壮志，臣子锐意进取，君臣一心，其利断金，俩人关系好的那段时间，屈原在《少司命》里写的都是遇到知音、政治才华得以施展的喜悦，但是也预言了日后"生别离"的结局。皇上喜欢你聪明，旁人未必也喜欢你聪明，你那么聪明又那么得宠，天下好事都让你得着了？这会儿不出几个挑拨离间的人，那就不成世界了。

《史记·屈原贾生列传》记载了这段历史。楚怀王让屈原拟写宪令，还没写好，上官大夫想半路截和，屈原不给。对方就向楚怀王进谗言，说屈原居功自傲，认为除了自己，别人不行了。

这么一来，"王怒，而疏屈平"，楚怀王大怒，从此就疏远了屈原。

不只楚国内部有人想离间楚怀王与屈原的关系，还有外面虎视眈眈的秦国。当时的秦国奉行的是张仪的连横之术，他们想促成秦楚联盟，这就得先拆散六国联盟，尤其是楚国与齐国的联盟。要拆散联盟，就先得离间楚怀王和屈原。

张仪一方面向楚怀王提出一个他不能拒绝的条件，如果楚国能与齐国断交，秦国作为回报，归还当时夺取楚国的六百里土地；另一方面，张仪还讨好了楚怀王的爱妃郑袖，内外夹击之下，屈原跟楚怀王，昔日的一对君臣好友在王权的围城中渐行渐远。虽然屈原中途又被叫回来了，但是架不住那些嫉妒他的大臣们，而且枕边风还在楚怀王耳边吹。

屈原的政治理想一步一步地落空，楚怀王最终被秦国骗去，囚禁了起来。

楚怀王也不愧是屈原的朋友，虽然说耳根子软，但是脊梁骨还挺硬，宁愿自己被囚，也不愿意拿国家利益换取个人自由，最终郁郁寡欢，客死秦国。

　　楚襄王继位后，竟然想跟秦国交好，求得暂时的安宁，屈原的脾气哪儿能接受得了这样的事，而且他还对当初好朋友被骗去秦国囚禁而死的事耿耿于怀。于是，屈原再次被流放，这次流放长达十几年，直到秦将白起攻破了楚城，国之将亡，屈原悲愤难已，跳河自尽。

　　死前，有渔夫劝他："何不随波逐流？"屈原说"世人皆醉我独醒"，既不愿意随波逐流，又不想承受一个人孤独的清醒。世人都说了，屈原跳江是壮志未酬的痛苦，是对楚怀王昏聩的忧愤之情，也许更多的是对楚怀王的怀念。对一个心怀天下又有治世之才的才子来说，能遇到天子君臣一心，共创大业，没有比这更美好的相遇相知了。

　　从屈原以后，中原才子面对仕途上的打击，分成两类，一类像苏东坡，"莫听穿林打叶声，何妨吟啸且徐行"。这是非常通达的态度，你不用没关系，这世界很大，我想到处走一走。

　　还有一类人，像李商隐，"春蚕到死丝方尽，蜡炬成灰泪始干"。这是"用情执着"，咱们今天来看，有点死心眼。这就是从屈原那儿继承来的精神。

　　明君，就像大熊猫，遇上了是福气，遇不上，那也没办法。"良禽择木而栖"，如果没有好木头，我就造一个出来，然后生死相随。

　　武则天在位期间，很多人讨伐她，想要取而代之。讨伐，你就得师出有名，要有檄文，要把对方的恶行都扒出来，动员全民，用唾沫星子淹死他！搁到过去来说，一般都是声讨诸侯或者大臣，很少有声讨皇上的，因为这是个重担子，吃力不讨好。

　　这会儿偏偏来了一个大才子，说你们都不写，那我来！洋洋洒洒几千字，写下了《代李敬业讨武曌檄》。武则天给自己编了一个名字，上面是一个明字，下面是一个空字，连起来念曌（zhào），意思就是明月当空。

这篇檄文写得是气势排山倒海，逻辑严谨周密。你想啊，发表了短短数日，就帮英公李敬业忽悠了十万雄兵和千万人心，挥旗北上，要推翻武则天的统治。

这个檄文传到武则天那里，到底不愧是女皇，没生气，而且，还很惊赞，怪罪宰相："你看看，这么好的人才，你都没把他留住，跑到敌人那里去了。"

这个事要怪到宰相头上，他也不冤枉。写檄文的骆宾王，才七岁的时候，张嘴就作诗，这首古诗应该人人都知道：

"鹅，鹅，鹅，曲项向天歌。白毛浮绿水，红掌拨清波。"

这位江南神童长大之后，也到了京城，心高气傲，不走行卷的路子，科考落榜。虽然也有爱才能用的，但他说话直，情商低，甚至被开除公职，要不就是得罪领导，卷铺盖走人，甚至被捕入狱。

一路起起伏伏，最终名震天子，靠的是一篇骂皇上的檄文，史书上记载李敬业起义失败之后，骆宾王在逃亡途中被杀。

但是，我骂了皇上，皇上反而爱上我，这个桥段一直被后人津津乐道，又想起来一首诗："朱雀桥边野草花，乌衣巷口夕阳斜。旧时王谢堂前燕，飞入寻常百姓家。"

这首诗大家语文课的时候都背过，里面的"王谢"，指的是姓王的和姓谢的。"谢"姓在东晋时是大姓，豪门贵族。即使是晋宋易代，谢家的子孙还可以在朝做官，安享福禄。

这些子孙里面，论才情，最出名的是谢灵运，他是谢家谢玄的孙子，父系和母系都是人中龙凤，打小就聪明。那会儿有诗赞美他："文章之美，江左莫逮。"就这么一个"叼着钻石出生的人"，一路自带男主光环，走到了南北朝时期的皇帝刘义隆的眼前。

这个皇帝经历了非常残酷的帝王之争，父皇驾崩之后，原太子继位，游戏无度，被大臣和将军政变杀害，皇位转一圈，从哥哥、叔叔、弟弟，最后落到刘义隆的身上。执政以后，他以雷霆手段，清理了当年拥他上位的功臣和反对他的政敌，整顿吏治，减免税赋，在政期间，开创了历史上的"元嘉之治"。

按说，这是明君，谢灵运该知足了。谢灵运这么评价自己的才华："天下之才共有一石，子建独得八斗，我得一斗，自古及今共用一斗。"就是说除了曹植，他谁也不服。

对朝廷政事，他觉得自己运筹帷幄，可是别人却觉得他指手画脚，动个手脚就把他外调了。他干脆游山玩水不干正事，玩了一年多辞职了。刘义隆上台之后，爱慕他的才华，想聘用他，结果两次都被他拒绝，直到拿着皇上亲手写的表扬信请他，才请出山。

对他，刘义隆如掌上明珠一样疼爱。他每写完一篇文章，皇上都趁热看，做第一个读者。谢灵运的诗文和书法，被皇上称为"二宝"。刘义隆看重的是他的诗才，可他自己看重的是自己的"治世吏才"。我想拿剑，你让我绣花，士可杀不可辱！干脆游山玩水并且再次辞职，他弟弟都看不下去了，就劝他别任性，他不听。

赋闲在家，看到有个湖泊不错，他想买过来造田，当地太守不肯，太守干脆上书举报说他要造反，皇上反而说谢灵运不是那样的人，也没那个胆子，也不是那块料。但是老这么待着闹事也不行啊，得了，给他个官——临川内史。他一瞧，好家伙，又是一个弼马温的官，开始写诗发牢骚："韩亡子房奋，秦帝鲁连耻。"

　　他把自个儿比作张良、鲁仲连，那皇上不就成暴秦了？没想到皇上没舍得杀他，把他发配到广州，押解途中，谢灵运指挥朋友们来劫囚车，这就是任性无极限。但是没有办法，他得罪了很多人，朝中积怨太广，所以刘义隆下旨以叛逆的罪名处决了谢灵运，临死之前，他自己还要表达一腔壮志："恨我君子志，不获岩上泯。"这是在表达自己的忧愤。

　　几百年之后，有一个诗人成了他的粉丝，还写诗赞美他，这个粉丝叫李白！